Tanja Hanika

Roadkill

- Ein Weg wird dein letzter sein

Horrorroman

Bibliografische Information der Deutschen Nationalbibliothek:
Die Deutsche Nationalbibliothek verzeichnet diese Publikation in der
Deutschen Nationalbibliografie; detaillierte bibliografische Daten sind
im Internet über http://dnb.dnb.de abrufbar.

2. Auflage Mai 2020

Korrektorat: Doris Eichhorn-Zeller, www.perfekte-texte-coburg.de/

Unter Verwendung von:
© Umschlaggestaltung »Roadkill« Cathy Strefford
© Coverdesign »Hexenwerk« Cathy Strefford
© Coverdesign »Der Angstfresser« Christian Eickmanns
© Coverdesign »Scream Run Die« javarman / Fotolia.com
© Coverdesign »Zwietracht« by Rob Allen @n23art
© OpenClipart-Vectors / Pixabay.com
© Opelcons / Pixabay.com

© 2020 Hanika, Tanja
www.tanja-hanika.de
kontakt@tanja-hanika.de
Gartenstr. 12, D-54595 Weinsheim

Herstellung und Verlag: BoD – Books on Demand, Norderstedt
ISBN: 9783751922838

Für meine beste Freundin Denise,

die stets ein offenes Ohr, ein Lächeln und

spannenden Gesprächsstoff für mich hat.

Ich bin so froh, dass es dich gibt.

Inhaltsverzeichnis

EINS.

Blutparty

Ein Mann im Wald

Er hatte längst zu Hause sein wollen. Seine leere Wohnung war nicht besonders verlockend, aber besser, als im Wald wegen einer Bus-Panne festzusitzen. Eine Tiefkühlpizza hätte er in den Ofen geschoben und den Fernseher angeschaltet, um sich mit irgendeiner Serie abzulenken. Dabei war es ihm fast egal, welche Sorte Pizza und welche Serie es geworden wäre. Hauptsache, eine Pizza mit viel Käse und eine Serie mit viel Blut. Der Busfahrer drückte wahllos auf einigen Knöpfen herum. Er nahm das Funkgerät und riss das Kabel ab, das er, wie der Spiegel zeigte, erschüttert anschaute. Das Lautsprechermikrofon samt Kabel warf er neben sich und beachtete es nicht weiter. »Bescheuerter alter Bus«, fluchte er, wobei neben seiner Wut auch deutlich seine Verzweiflung herausklang. Anschließend nahm er sein Handy und hielt es an die Scheibe, um ein Signal zu bekommen.

Es würde eine ganze Weile dauern, bis sie weiterfahren konnten, da war sich der Mann absolut sicher. Handyempfang gab es keinen im Langenbaarer Forst, wie in vielen Waldstücken der Eifel. Wer ländlich lebte, kannte es nicht anders. Er und die anderen Fahrgäste entschieden sich dafür, einen kleinen Spaziergang zu unternehmen, um die Zeit totzuschlagen. Dem Busfahrer gefiel das zwar überhaupt nicht, aber er machte auch keine Anstalten, sie aufzuhalten. Da es sich nicht um eine Reifenpanne, sondern irgendetwas Mechanisches handelte, womit sich keiner auskannte, waren sie ohnehin nicht hilfreich. »Willst du dich uns anschließen? Mit uns eine Runde laufen?«, fragte ihn ein hagerer und nicht mehr ganz nüchterner Kerl.

Der Mann winkte ab. »Passt schon«, sagte er und stieg aus dem Bus aus, dessen Fahrer hektisch vorne mit seinem Handy hantierte und verschiedene Knöpfe am Bus drückte. Seinen wachsenden Unmut konnte man deutlich erkennen, auch ohne auf die relativ zahmen Flüche zu hören, die der Busfahrer ausstieß. Er hatte das Gefühl, dass ihm die anderen die Luft wegatmeten, und war froh, Abstand zu ihnen gewinnen zu können. So waren ihm seine Mitmenschen generell am liebsten: weit weg von ihm.

Die Waldluft roch nach Holz, Harz und Tannennadeln. Seit die Sonne vom Himmel verschwunden war, wurde es rasch kühler, doch er fand die Frische angenehm. Er entschied sich für einen der Waldwege und dachte, solange er keine Abzweigung gehen würde, müsste er nachher einfach schnurstracks zurücklaufen. Er hatte viele Talente, manche eher zweifelhafter Natur, aber ein guter Orientierungssinn gehörte leider nicht unbedingt dazu. Er hatte vergeblich geübt und hätte ihn gut gebrauchen können, aber am Ende stand er doch da und fand nur mühsam den Weg zurück, den er suchte. Die beiden anderen Männer wandten sich einem anderen Pfad zu, was ihm recht war.

Hier huschte und dort knackte es im Gebüsch und der Mann fand es schade, dass er die Tiere nicht sah, die vor ihm flohen. Die Bewegung tat ihm gut und er nahm sich vor, wieder öfter spazieren zu gehen. Er schlenderte mehrere Minuten in entspannender Einsamkeit den Weg entlang, bis er jemanden fluchen hörte. Geschimpft wurden allerlei derbe Unflätigkeiten, worüber er grinsen musste. Der Busfahrer hätte hier einiges lernen können.

Dann dachte er an das Messer in seiner Tasche, seinen treuen Begleiter. Zwar hatte er nicht das Gefühl, es zum Selbstschutz zu benötigen, aber er wartete schon lange darauf, dass das hübsche Stück wieder zum Einsatz kam. Das Timing musste stimmen. Warum nicht jetzt? Er würde es bereuen, wenn er die Einsamkeit des Waldes verschwendete, die Möglichkeit, die sich so unverhofft aufgetan hatte. Seine Sinne schärften sich, sein Herz schlug kräftig und sein Verstand riet ihm, die Chance nicht verstreichen zu lassen. Seine Finger zuckten. Der Drang, es zu tun, war unbändig. Wieder über das hinauszuwachsen, was er von klein auf tat: Schon als Junge hatte sein Vater ihn mit in den Wald genommen, um Wild zu schießen, aus dem die Mutter die leckersten Eintöpfe kochte. Anfangs hatte er ihm geholfen, das Gewehr festzuhalten. Aber schnell wollte und konnte er es alleine tun. Alleine ein Leben beenden. Er vermochte nicht zu schätzen, wie viele Tiere er inzwischen umgebracht hatte. Es kümmerte ihn nicht. Bei jedem Abschuss hatte er sich gefragt, wie es sich anfühlen würde, wenn er zur Abwechslung nicht ein Wildschwein oder ein Reh erlegte, sondern ein Lebewesen seiner eigenen Spezies.

Dann war der Moment der erfüllten Faszination gekommen. Nicht ganz volljährig war er zum Mörder geworden: mitten in einer milden Regennacht, auf einem hinter der Schule verborgenen Sportplatz, nur mit seinem Messer als Komplizen. Anschließend befriedigte es ihn nicht mehr, ein Tier zu jagen, und doch war es das, womit er den Großteil seiner Zeit vorliebnehmen musste. Er war nicht dumm. Er würde sich nicht erwischen lassen und so passte er stets die richtigen Momente ab.

In ihm wurde es kalt. Jetzt. Er wollte es jetzt tun, um sich wenigstens für eine Weile nicht mehr damit begnügen zu müssen, lediglich davon zu träumen. Vielleicht stellte sich die Bus-Panne nun doch als Glücksfall heraus. Er schritt gemütlich auf den Mann zu, die Hand unter seinem Mantel am Messergriff.
»Kann man helfen?«
»Ach, es ist doch alles scheiße. Die verfickte Kettensäge steckt fest. Ich wollte nach Feierabend noch ein bisschen Holz

klein machen und jetzt das. Ist mir in den letzten zwanzig Jahren nicht passiert. Das Ding hier ist der letzte Drecksmist. Kauf keine Kettensäge im Sonderangebot, will ich dir geraten haben. So ein Scheiß.«

»Wenn Sie mir zeigen, wo ich anfassen soll, können wir vielleicht zusammen daran ziehen.« Er versuchte bei seinem abwegigen Vorschlag nicht zu lächeln.

Sein Gegenüber beugte sich vor, um ihm hier und da etwas an der Kettensäge zu erklären, aber es interessierte ihn kein Stück. Sein Fokus lag allein auf dem Menschen vor ihm, der nicht ahnte, was ihm geschehen würde, während er selbst sich in Gedanken ausmalte, wo er stechen, wo er schlitzen würde. Wie das Blut spritzen und fließen würde. Wie es riechen und schmecken würde. Sein Magen zog sich sehnsüchtig zusammen.

Da zog er das Messer. Seine Finger schlossen sich genüsslich um den Griff. Mit einem Hieb rammte er es ihm in den Rücken.

Sein ganzer Körper kribbelte mit einem Mal, als würden tausend kleine Höllenflammen ihn von innen nach außen verzehren, während der Mann vor ihm auf die Knie ging und japste.

Mit seinen Händen fuhr der Mann am Boden aufgeregt durch die Luft. Offensichtlich versuchte er den Griff der Klinge zu fassen, aber er erreichte ihn nicht.

Welche Organe er beim anderen genau getroffen hatte, war ihm egal. Der Killer legte einen Finger nach dem anderen um den Griff und zog das Messer langsam aus dem Körper des Fleischsacks. Dieses Gefühl! Und dazu das leise schmatzende Geräusch, als die Klinge den Körper verließ. Es betörte ihn. Nun rammte er es erneut durch die Jacke in das Fleisch seines Opfers. Mal für Mal durchstach er Haut, Nerven und Muskelstränge, nur selten traf er auf Knochen, die einen unschönen Widerstand leisteten. Seine Übung machte sich bezahlt: Immer wieder glitt sein Messer in das weiche Fleisch, wurde beinahe wie von einem Sog erfasst, der vom Körper ausging. Er verfiel einem natürlichen Rausch, wie ihn auch manche Tiere kannten: Die Bäume um ihn herum verschmolzen mit dem Schatten, sein ganzer Fokus legte sich auf den Köper vor ihm. Er roch das Blut und spürte, wie das Messer mit seinem Opfer verschmolz, das zusehends mehr erschlaffte. Er wollte nicht, dass es aufhörte. Nein, er wollte mehr. Brauchte viel mehr. Er musste einen neuen Fleischsack für sich finden, wie er seine Opfer gerne nannte.

Als der Mann vor ihm nicht mehr zuckte und sein eigener Arm müde war, trat er einen Schritt zurück. Schwer atmend betrachtete er sein Werk. Er streckte seinen Rücken durch und genoss mit einem Seufzen die Entlastung, nachdem er so lange vornübergebeugt gewesen war. Leckte sich die Lippen, auf denen seine Zunge ein paar kleine Blutspritzer fand.

Er entdeckte einen Hochsitz nur wenige Meter vor ihm am Wegesrand. Da kam ihm eine Idee, der er nicht widerstehen konnte. Und anschließend wollte er schauen, was aus diesen beiden Männern geworden war, die bei ihm im Bus gesessen hatten. Er hatte noch längst nicht genug davon, Menschen zu töten. Fleischsäcke. Die beiden wären perfekt, um diese Nacht unvergesslich zu machen.

Vielleicht war das Fest noch nicht zu Ende.

Vielleicht hatte seine Blutparty gerade erst begonnen.

Z W E I.

Bitte wenden!

Mira

»Fahrt vorsichtig«, sagte Lars' Mutter, ehe sie ihm einen Abschiedskuss auf die Wange gab und auch Mira ein letztes Mal umarmte. Lars' Mutter drückte ihren Sohn an sich, als wäre es die letzte Umarmung in ihrem Leben, ganz wie Mütter es taten, die der Meinung waren, ihren Nachwuchs viel zu selten zu Gesicht zu bekommen. Mira musste schmunzeln. Nachdem Lars' Mutter ihn endlich freigegeben hatte, blieben seine Eltern in der Haustür stehen, während Lars den Motor startete und das Licht einschaltete, und sahen den beiden nach, wie sie aus der Einfahrt rollten.

Trotz der Aufregung über das erste Kennenlernen seiner Eltern war Mira aufgefallen, wie seltsam die letzten Stunden auch für Lars gewesen waren: nicht, weil er sie ihnen endlich vorstellte, sondern weil das neue Haus seiner Eltern ihm so fremd war. Beim Umzug und den Renovierungsarbeiten hatte er zwar mit angepackt, aber jetzt, eingerichtet, musste er sich fremd und zu Hause zugleich gefühlt haben. Altbekannte Möbel, neues Haus. Mira kannte ihn gut genug, um zu wissen, dass ihn das verrückt gemacht haben musste.

Nach einem letzten Blick in den Rückspiegel, aus dem Eltern und Haus inzwischen längst verschwunden waren, sagte Lars: »Was für ein Abend. Was sagst du? Wie findest du die beiden?«

»Nett. Wirklich freundlich und einige deiner Angewohnheiten und Eigenarten haben sich durch das Kennenlernen heute eindeutig erklärt.«

»Was zum Beispiel?« Gespielt entgeistert und ein Lachen unterdrückend, schaute er zu ihr.

»Den Tick mit deiner Augenbraue hast du von deinem Vater. Der zieht die auch so hoch, wenn er genau zuhört. Und dein Lachen klingt wie das von deiner Mutter. Keine Sorge, natürlich ist deins viel männlicher.«

Lars pikte sie mit dem Finger in die Seite. »War wohl keine so gute Idee, dich hierher mitzunehmen. All die Aufregung, ob ihr euch mögt oder an die Gurgel geht, und jetzt wirst du frech.«

»Hey, ich hab mich doch fantastisch benommen. Zumindest vor den beiden.«

»Ja, das muss man dir lassen.« Beide fielen in ein leises Lachen ein und Mira bekam ihr Lächeln für die nächsten Kilometer, die das Auto durch die Dunkelheit glitt, nicht mehr aus dem Gesicht. Es war wirklich gut gelaufen und sie war extrem beruhigt, dass Lars so nette Eltern hatte. Die Beziehung mit ihm war ihr überaus wichtig, sodass es für sie schlimm gewesen wäre, wenn sie seine Eltern nicht hätte leiden können.

Während Lars auf die Autobahn auffuhr und das Navi ankündigte, dass sie sechzig Kilometer zu fahren hätten, bevor sie die Autobahn wechseln mussten, entdeckte Mira die Mondsichel am Himmel und genoss es, einfach da zu sein, wo sie war. Miras Augen wurden trocken und ihre Lider schwer. Sie lehnte sich im Sitz zurück und sagte: »Ich mach mal für ein paar Minuten die Augen zu. Ich bin gleich wieder da.«

»Bis gleich, Schatz«, erwiderte Lars und schaltete leise die Radiomusik an, was ihr stets half, sich zu entspannen.

»In drei Kilometern rechts abbiegen. Danach links halten«, empfahl das Navi nach nur gefühlten fünf Minuten, in denen Mira vor sich hingedöst hatte. Als sie auf die Uhr schaute, verriet diese ihr jedoch, dass sie ungefähr eine halbe Stunde tief geschlafen haben musste.

»Da bist du ja wieder«, sagte Lars und spielte damit auf eine ihrer Insider-Storys an: Eines Nachts hatte Mira Geräusche in der Wohnung über ihnen gehört, und das, obwohl die betreffenden Nachbarn im Urlaub waren. Mira hatte versucht Lars zu wecken, wobei die beiden sich nicht einig waren, welchen Grad ihre Panik dabei hatte. Mira versicherte jedem, der die Geschichte zu hören bekam, dass sie nur leicht nervös gewesen wäre, wobei Lars stets breit grinsend »Hysterisch!« flüsterte. Da die Geräusche längst verstummt waren, bis sie Lars wachgerüttelt hatte, meinte Mira hinterher, dass er sie allein gelassen hatte, als wäre er weg gewesen. Heute konnte sie darüber lachen, aber damals war ihr deutlich anders zumute gewesen. Der Scherz, dass der andere abwesend wäre, sobald er oder sie schlief, hielt sich bei den beiden hartnäckig.

»Ja, zurück an Bord, Captain.« Sie setzte sich gerade hin und schaute sich um. »Warum sind wir nicht mehr auf der Autobahn? Es waren doch sechzig Kilometer und dann hätten es noch mal achtzig sein müssen, bevor wir abfahren. So lange habe ich aber nicht geschlafen.«

»Nein, ich dachte, wir fahren anders und lernen die Gegend kennen. Du hast wieder mit deinen kleinen Schnarchern angefangen, da war es nur eine Frage der Zeit, bis du aufwachst.«

»Oh nein, Mister, ich schnarche nicht. Niemals!« Mira fuhr sich durch die Haare. »Eine Erkundungstour gerade nachts, wo wir kaum was sehen?«

»Auf der Autobahn erlebt man keine Abenteuer, auf der Landstraße aber vielleicht schon.«

Mira grinste. »Deine Eltern waren mir heute genug Abenteuer. Willst du nicht schnell heim?«

»Nein, ich fühle mich fit, richtig aufgedreht. So spät ist es ja auch noch nicht. Wir können in zehn oder zwanzig Kilometern zurück auf die Autobahn wechseln.«

Mira war einverstanden. Sie wusste, wie neugierig Lars war und dass er gerne abseits von Wald- und Wanderwegen spazierte und auf Entdeckungstouren ging. Sie vermutete, dass er die Region, in der seine Eltern nun lebten, näher kennenlernen wollte, damit er sich dort nicht mehr fremd vorkam oder wie ein Gast fühlte. Obwohl es sie selbst nicht danach drängte, wollte sie ihm nicht den Spaß verderben, ein paar kurvigen Landstraßen durch kleine Eifeldörfer zu folgen. Hier herrschte kein Verkehr, was sie als Stadtkind selten erlebt hatte. Die Straßen waren leer, in den Ortschaften regte sich nichts, obwohl es erst kurz nach einundzwanzig Uhr war. Es war, als hätte die Dunkelheit alles Leben nach drinnen gedrängt, wenn nicht sogar ausgelöscht. Ein wenig fröstelte Mira bei dem Gedanken und schaltete die Sitzheizung ein. Obwohl der Herbst sich bisher mild gezeigt und längst nicht alle Blätter gefärbt oder von den Bäumen geblasen hatte, kühlte es nachts bereits ziemlich ab. Sie mukkelte sich in ihrem Sitz ein.

»Guck mal, wie sternenklar die Nacht ist. Vielleicht finden wir ja einen Parkplatz«, schlug Lars vor.

»Du Romantiker.«

»Nein, im Ernst, daheim in der Stadt gibt es das nicht mehr. Wenn du mal richtig viele Sterne sehen willst, dann hier und heute Nacht.«

Mira lehnte den Kopf an die Scheibe und betrachtete den Himmel genauer. Verblüfft stellte sie fest, dass Lars recht hatte. Sie wusste nicht, ob sie jemals so viele Sterne gesehen hatte – und das aus dem Auto heraus und während der Fahrt. »Wow, das sieht wunderschön aus. Gute Idee, halt an und dann machen wir uns über den Käsekuchen her, den deine Mutter uns eingepackt hat. Ein Sternenpicknick.«

»Klingt nach einem perfekten Plan.« Lars tippte auf dem Navi herum, was bei Mira während der Fahrt stets für eine leichte Unruhe sorgte. Sie verkniff es sich, ihn zu bevormunden, und schwieg dazu. »Ich habe einen Parkplatz gefunden, der mit einem Fernglas-Zeichen markiert ist. Das steht für schöne Aussicht, wenn ich mich richtig erinnere. Wahrscheinlich gute Voraussetzungen zum Sterneschauen, oder?«, sagte er schließlich. »Dann wirst du endlich unter einem ordentlichen Sternenhimmel stehen. Und wenn nötig können wir das noch mit einer Pinkelpause verbinden.«

»Deine Eltern haben sich für ihren Alterswohnsitz eine richtig schöne Gegend ausgesucht. Mir gefällt es hier.«

»Wirst du etwa doch noch zum Landei?«

»Ich muss mich doch an dich anpassen. Vielleicht ziehen wir ja auch eines Tages aus der Stadt raus. Wenn dich deine Landei-Wurzeln rufen.«

Lars lachte. »Das glaube ich erst, wenn ich es sehe. Du liebst den Trubel der Großstadt.«

»Vielleicht überzeugen mich ja die Sterne.«

Die Landstraße wand sich um Hügelkuppen und schwang sich durch Täler, die sie in angenehmem Schweigen durchfuhren. Mira konnte es kaum erwarten, hierher zurückzukehren und bei Tag eine kleine Wanderung zu unternehmen. Sie hatte ganz spontanen, aber umso heftigeren Gefallen an der Landschaft der Eifel gefunden, die sie hier und da an das malerische Schottland erinnerte, in dem sie den schönsten Urlaub ihres Lebens verbracht hatte, und nach dem sich ihr Herz nach wie vor sehnte. Schroffe Felsen, grüne Wälder und behagliche Einsamkeit. Eine kleine Pause vom Stadtkind-Dasein, die sie in den Ferien gerne in Anspruch nahm.

»Ist dir mal aufgefallen, wie viele Kreuze hier am Straßenrand stehen?«, fragte Lars irgendwann.

Mira nickte, zunächst noch in Gedanken versunken. Es beschäftigte sie, wie und wann sie wieder nach Schottland würde reisen können, dann bemerkte sie aber, dass er ihre Antwort nicht mitbekommen haben konnte. »Ja«, sagte sie und drehte sich nach dem um, an dem sie gerade vorübergegangen waren. »Woran liegt das wohl?«

»Enge Straßen bei teils heftiger Witterung. Aquaplaning, Eis und Schnee. Und vielleicht erlauben sie hier solche Erinnerungs- und Mahnmale eher als in der Stadt.«

»Irgendwie unheimlich zu wissen, dass man an einer Stelle vorüberfährt, an der ein Mensch gestorben ist.«

»Und es wären sehr viel mehr solcher Gedenksteine, wenn überall einer stünde, an dem jemals jemand abgekratzt ist. Überleg mal, wie viele Menschen es schon vor uns gab.« Lars trommelte mir den Fingern auf das Lenkrad. »Irgendwo müssen die ja gestorben sein.«

»Bitte wenden«, vermeldete das Navi und verlor dann ganz den Empfang. Mira konnte am Nachthimmel einige dicke Wolken entdecken, die schnell vom Westen her aufzogen.

»Du hast doch gar keine Ausfahrt verpasst«, sagte Mira überrascht und kaum hatte sie fertig gesprochen, bekam das Navi wieder ein Signal und zeigte ihnen die Route an.

Lars tätschelte ihren Oberschenkel. »Keine Sorge, du bist in guten Händen. Hier mitten im Nirgendwo unter dicken Wolken geht eben mal die Verbindung zum Satelliten flöten. Ich finde auch so zum Sternenparkplatz.«

»Sagte er und ward nie mehr gesehen.« Mira beugte sich zu Lars und küsste seinen Oberarm. »Wenn es noch bedeckter wird, können wir das Sternengucken vergessen. Und das GPS-Signal kommt dann auch nicht durch. Das alte Ding müssten wir wirklich mal ersetzen. Neue Geräte sollen ja fast immer ein Signal empfangen.«

»Die Wolken sind bestimmt so schnell wieder weg, wie sie aufgezogen sind. Ich bring dich zu den Sternen.«

Die Landstraße wurde schmaler und wand sich in Serpentinen hügelaufwärts. Mira sah, dass Lars das Lenkrad fester griff und seine Augenbrauen konzentriert zusammenzog. Wo bringst du uns nur hin?, fragte sie sich, wollte ihn aber nicht ablenken, indem sie es laut aussprach.

Sie fuhren über die Hügelkuppe, aber der Parkplatz war noch sieben Kilometer entfernt. Die Bäume standen immer dichter. Auf der schmalen Straße durch den verlassenen Wald zu fahren verursachte ihr einen Schauer: Es kam eine unheimliche Stimmung in ihr auf, die vor einem Kilometer noch nicht greifbar gewesen war, aber Mira genoss das kleine Abenteuer. Ihnen war lange kein Auto entgegengekommen und es kam ihr beinahe vor, als wären sie die letzten Menschen in einer postapokalyptischen Welt. Zur Krönung des Ganzen wurde der Bildschirm des Navis schwarz. In dessen Mitte prangte der Schriftzug »Signal Lost«.

»Sieht übler aus als eben«, stellte Mira fest.

»Wird schon wieder. Immerhin ist die Straße jetzt nicht mehr so kurvig. Gleich bekommt Madame ihr Käsekuchen-Sternenpicknick serviert.«

In Miras Magen war es flau geworden und sie konnte sich nicht vorstellen, etwas vom Kuchen zu essen, den Lars' Mutter ihnen eingepackt hatte. Sei keine Spielverderberin, mahnte sie sich selbst. Dass sie keinen Kuchen gewollt hätte, war noch nie vorgekommen und so würde sie auch dieses Picknick zu genießen wissen.

Lars drosselte die Geschwindigkeit, obwohl die Straße fast geradeaus führte und keine Kurve beschrieb. Mira brauchte einen Moment, um den Grund auszumachen. Rechts vor ihnen befand sich eine Parkbucht, in der ein Bus angehalten hatte. Obwohl die Rücklichter ihnen rot entgegenleuchteten und sogar die Innenbeleuchtung eingeschaltet war, konnte Mira weder einen Busfahrer noch irgendwelche Passagiere erkennen.

»Wo sind alle hin? Wo ist der Busfahrer?«, fragte Mira. »Sieht ganz einsam und verlassen aus.«

Lars starrte in die Dunkelheit und rollte an der Parkbucht vorbei. »Ich kann auch niemanden entdecken.«

»Das ist echt seltsam.« Mira spielte am Gurt herum, ihre Finger wollten etwas zu tun haben. »Der macht doch bestimmt nicht Pause hier, oder?«

»Vielleicht hatte er eine Panne und holt Hilfe.«

»Zu Fuß? Dann hätte er doch die Lichter ausgemacht. Damit die Batterie nicht leer wird.«

»Vielleicht hat er Angst, den Bus nicht wiederzufinden.«

Mira lachte einmal spitz auf. »Genau.« Ihr Gesicht verdüsterte schneller, als sich eine Gewitterwolke vor den Mond schieben konnte. »Was ist da nur los? Nicht, dass er über dem Lenkrad zusammengebrochen ist oder so. Sollten wir umkehren und noch mal nachsehen?«

Lars musterte sie. »Willst du das?« Noch hatte er nicht Gas gegeben, sondern rollte nur langsam über den Asphalt.

Mira stieß die Luft zwischen ihren Lippen aus, ehe sie sagte: »Andererseits sieht das schon sehr wie eine Falle aus. Das schreit: ›Kommt, Leute, steigt aus, schaut nach, und dann haben wir euch im Todesbus. Nächster Halt: Schlachthaus!‹«

»Wer ist ›wir‹ in deinem Szenario?«, fragte Lars schmunzelnd, wobei der vorsichtige Zug um seine Augen Mira ein nervöses Kribbeln durch den Körper schickte.

»Rocker, Hinterwäldler oder kannibalische Milchbauern? Entflohene Häftlinge oder gelangweilte Drogendealer? Such es dir aus, die Möglichkeiten sind vielfältig.«

»Aber unwahrscheinlich. Um einiges unwahrscheinlicher als ein Zusammenbruch oder ein Herzanfall oder ein Hirnschlag, schätze ich.«

Mira zog den Gurt vor, als würde er ihr die Luft zum Atmen nehmen. »Du willst nicht umkehren?«

»Nein, ich denke, die Leute hier kommen auch ohne unsere Hilfe klar. War eh nicht geplant, dass wir hier vorbeifahren. Im Bus war niemand. Wir hätten es gesehen, falls jemand über dem Lenkrad gehangen wäre. Weißt du, ich liebe deine Moral. Aber manchmal musst du die besser abstellen.«

Mira seufzte. Ihr Gefühl sagte ihr, dass etwas nicht stimmte. Gleichzeitig warnte es sie dringend davor, sich einzumischen oder aus dem Auto auszusteigen. Sie fragte sich, ob man die eigene Moral zu einem Schalter machen sollte, um sie nach Bedarf an- und auszuknipsen.

»Letzte Möglichkeit, falls du dich umentscheiden möchtest«, sagte Lars im Tonfall eines Spielshow-Moderators. »Umkehren oder weiterfahren – entscheiden Sie sich jetzt!«

DREI.

Schatzsuche 2.0

Elias

Elias zog die Haustür hinter sich zu und atmete langsam aus. Eltern! Wo gehst du hin? Wann bist du wieder daheim? Zwar hatte er durchsetzen können, dass er ging, wohin er wollte, und dort blieb, so lange er eben bleiben wollte, aber die ständigen Fragen gingen ihm doch auf die Nerven. Nur dieses Schuljahr noch und dann würde er studieren. Irgendwo weit weg von zu Hause, das stand fest. Immerhin das.

Er stieg zu Jule und Flo ins Auto. Beide drehten sich um. Jule hupte wie immer einmal kurz, bevor sie losfuhr, als wäre sie die Kapitänin und das Geräusch das Zeichen, dass sie nun die Segel setzten. »Wohin geht's heute Abend?«, fragte Elias.

»Florian hat die Koordinaten und den Schatz ausgesucht«, sagte Jule, als wäre ihr Vorhaben bereits zu diesem Zeitpunkt zum Scheitern verurteilt. »Und weißt du, wohin der gute alte Flo uns schickt, ohne dass er es selbst gecheckt hätte? Ich hab die Koordinaten geprüft und es ihm zeigen müssen.«

Flo boxte Jule sachte gegen die Schulter. »Komm schon, mach kein Drama, das ist nur ein beknackter Wald.«

»Wohin denn?«, wollte Elias wissen. Ihr gemeinsames Hobby hatten sie zuletzt auf die Nacht verlagert. Einer brachte Musik mit, einer sorgte für Alkohol und der Dritte plante den zu suchenden Cache. Jule hatte als Einzige mit Führerschein bisher die Fahrten übernommen, aber bald wären auch Flo und Elias mobil, ohne Eltern als Beifahrer.

»Die Dose ist im Langenbaarer Forst versteckt.«

Elias lächelte. »Langenbaarer Forst? Das ist doch der Hexenwald.«

»Nein«, widersprach Flo vehement und drehte sich zu Elias um. »Das ist kein Hexenwald. Es heißt nur, dass eine auf dem ehemaligen Hinrichtungsplatz spuken würde. Der Wald ist einfach ein Wald, verdammt noch mal.«

»Es heißt, dass dort der Geist einer Hexe spuken würde. Wegen der Leichen, die dort gefunden wurden. Jeder kennt das Gerede«, gab Jule zu bedenken und setzte den Blinker. »Grausam entstellte Leichen übrigens. Als wären Rituale an ihnen veranstaltet worden und als wären sie dabei angefressen worden. Es gab viele Leichen und immer wieder welche. Ein Wunder, dass das kein Sperrgebiet ist. Oder eine Touristenattraktion für Geisteskranke. Wie dich.«

»Überall werden Leichen gefunden. Garantiert ist in jedem Wald schon mal jemand draufgegangen.« Flo klang, als hätte er Jule dieselbe Antwort schon öfter gegeben an diesem Abend. »Du glaubst doch gar nicht an solche Gruselgeschichten. Oder du etwa, Elias?«

Zwar wäre Elias lieber woanders hingefahren, aber Flo hatte die Koordinaten ausgesucht und dabei würden sie bleiben. Selbst wenn die Challenge vor dem Loggen langweilig wäre oder der gelaufene Track besonders anspruchsvoll oder zu öde wäre, würde keiner sich beklagen. Das war die Abmachung. »Nope. Hexen? Bin ich zwölf? Lasst uns das Ding durchziehen, dann sind wir vielleicht noch früh genug zurück, um ein Abschluss-Bier zu trinken und 'ne Runde zu zocken und. Dieses Mal nehm ich den Porsche und häng euch beide ab!«

Jule sagte: »Jetzt im Ernst, ihr beide könnt doch nicht die Hexe ignorieren. Es ist scheißdunkel in dem Forst, da schlottern euch die Eier, sobald wir dort sind. Und ich muss euch dann heim zu euren Mamis fahren. Den Weg könnten wir uns sparen, ich sag's ja nur.«

Elias schaute schmunzelnd nach vorne und beobachtete über den Rückspiegel, wie Jule eine Grimasse schnitt. Er zog den Reißverschluss seiner Regenjacke ein Stück höher und freute sich darauf, im Gelände unterwegs zu sein. Seine Gedanken kreisten um die Hexe, die irgendwo dort begraben sein sollte, wo sie nun herumspazieren wollten. Dorethe Wagner war ihr Name, den jedes Kind im Umkreis von vielen Kilometern kannte und am Lagerfeuer seinen Freunden zuflüsterte. Elias glaubte weder an Spuk noch an Hexen, aber irgendwie unheimlich war es ihm schon. Erst als er seine verkrampfte Hand vom Gurt löste, an dem er sich festgehalten hatte, wurde ihm klar, dass es ihn nicht so kaltließ, wie er gerne geglaubt hätte.

Die Geschichten, die über das angebliche Satansweib kursierten, hatten ihn wohl mehr beeindruckt, als Elias sich hatte eingestehen wollen. Es hieß, dass die Hexe alles und jeden verschlang, der ihrem Grab zu nahe kam. Menschenfleisch sei es, aus dem sie die Energie für ihr schier ewiges Fortbestehen zog. Je jünger, desto besser. Düster lächelnd hatte Elias' Großvater ihm vor Jahren von den menschenfressenden Frauen erzählt, die angeblich unerkannt unter den Menschen lebten und ihr böses Hexenwerk taten. Dorethe Wagner schrieb er besondere Kräfte und Zauber zu, die sie mit all jenen Satansweibern teilte, die ihr Kinderfleisch brachten. Tiergestalten könne sie annehmen, verriet sein Opa und fügte stets hinzu, dass sie Menschlein gerade in diesem Alter bevorzugte, in dem Elias zufällig steckte. Unzählige Albträume hatten die Geschichten seines Opas ihn gekostet, bis seine Mutter ein Hexengeschichtenverbot ausgesprochen hatte, da sie sich selbst keine schlaflosen Nächte mehr aufbürden wollte.

Die drei fuhren durch die Nacht, lachten und redeten oft gleichzeitig, so wie immer, wenn sie gemeinsam unterwegs waren. Sie erzählten sich von lustigen oder verrückten Videos, die sie im Internet gefunden hatten, kommentierten, wie heiß welche Mädchen an der Schule waren, wobei Jule ihnen nach einer Zeit gerne vorwarf, wie oberflächlich ihre beiden besten Freunde waren. Sie gaben mit ihren Erfolgen in den aktuellen Spielen an, die sie auf der Konsole oder am PC zockten, oder erzählten sich von Filmen, die sie gesehen hatten. Nur wenige Kilometer trennten sie vom Ziel und ihre Scherze verebbten erst, als Jule von der Landstraße in einen Waldweg einbog.

Die plötzliche Stille im Auto ließ Elias schwer schlucken. Es war, als presste sich die Dunkelheit an die Scheiben des Autos, um einen gierigen Blick auf die Freunde werfen zu können. Er hatte jetzt schon das Gefühl, dass ihm die Eier schlotterten, wie es Jule so schön ausgedrückt hatte. Nur wollte er sich nicht wie ein Feigling aufführen und biss die Zähne zusammen. Sei kein Schisser, warnte er sich selbst.

Das Auto holperte über den schmalen Waldweg, bis Flo sie bat, anzuhalten. Jule zog die Handbremse fester als auf dem halbwegs ebenen Untergrund nötig und ließ die Frontscheinwerfer an, nachdem sie den Motor zum Schweigen gebracht hatte.»Echt jetzt? Hier?«, fragte sie.

Elias sagte:»Wir waren schon oft abends im Wald unterwegs. Im Dunkeln. Das heute wird auch nicht anders. Schaut mal, ist sogar ganz leicht nebelig, das sorgt für die passende Atmosphäre.«

Flo nickte, woraufhin Jule das Licht ausschaltete und als Erste ausstieg. Aus dem Kofferraum nahmen sie Taschenlampen und Elias schulterte wie die anderen seinen Rucksack.

Wortlos reichte Jule Flo das GPS-Empfangsgerät und die drei stapften los, Elias hintenan. Er fühlte sich unbehaglich, gar verletzlich am hinteren Ende der Reihe, obwohl er bei den meisten Ausflügen hinter den beiden her stapfte. Allerdings war er sich nie zuvor so ausgeliefert vorgekommen. Beobachtet. Alles Einbildung, sagte er sich. Gleichzeitig genoss er aber auch den kleinen zusätzlichen Nervenkitzel, den die Geschichten um die Hexe aus dem Langenbaarer Forst verursachte. Das Kribbeln im Bauch konnte sich durchaus angenehm anfühlen, wenn er sich nicht zu sehr in seine Vorstellungen hineinsteigerte, wie die Hexe mit teils abgeblätterter Haut und von Maden befallenen blutigen Stellen ihn von hinten packen und zerfleischen würde. Er liebte Horrorfilme, aber selbst hier zu sein war eine ganz andere Nummer. Angst und Nervenkitzel rangen miteinander. Umso mehr freute er sich auf die Schatzsuche-Ausflüge im Sommer, wenn der Boden nicht mehr so matschig war und ihnen kein kalter Wind um die Ohren pfiff. Wenn Elias nicht Angst vor etwas in der Dunkelheit hatte, was gar nicht da war. Hoffentlich.

Nach einer Weile überquerten sie eine Landstraße. Flo murmelte: »Überall Zivilisation.« Sein großer Traum war es, nach der Schule seinen Rucksack zu packen und für ein Jahr die Welt zu erkunden. Elias schätzte, Flo würde es nicht die Metropolen ziehen, sondern er würde irgendwelche ländlichen Regionen aufsuchen, in denen sich die meisten anderen Touristen verloren fühlen würden.

Jule flüsterte: »Besser das als eine Hexe auf deinen Fersen mitten im Nirgendwo.«

»Hier in der Nähe müsste das Grab doch sein, oder?«, fragte Elias.

Jule leuchtete mit der Taschenlampe rechts und links den Weg ab, als würde sie gleich darauf stoßen. »Bisschen weiter im Wald drin, glaube ich. Aber dort vorne ist doch die Tankstelle, oder?«

Flo sagte: »Die ist doch schon ewig geschlossen. Da lassen sich keine Snacks mehr auftreiben.«

»Nicht wegen der Snacks, Trottel. Lasst uns trotzdem mal dran vorbeilaufen, auch wenn es ein kleiner Umweg ist! Ich würde gerne ein paar Fotos für mein Instagram machen.«

Elias drängelte sich an den beiden anderen vorbei und führte sie den schmalen Pfad entlang, der keine zwei Meter neben der Landstraße verlief. Ein Knacken im Unterholz ließ ihn an den Rand des Pfades treten. Er starrte in die Dunkelheit und wartete darauf, dass ein Reh oder ein Fuchs den Lichtstrahl seiner Taschenlampe passierten. Irgendetwas, was das Geräusch erklären würde. Es zeigte sich aber kein Tier. Da seine Freunde ihn zurücküberholt hatten und er erneut das Schlusslicht bildete, tat er ein paar hastige Schritte, um sie einzuholen. Abhängen lassen wollte er sich nicht. Nicht heute Nacht und nicht ausgerechnet in diesem Waldstück.

Der Weg führte um eine enge Kurve, als Flo mit einem Mal stehen blieb, sodass Jule gegen seinen Rücken prallte. »Krass, guck mal«, sagte Flo und deutete auf den Boden vor ihnen. Ein Tierkadaver lag mitten auf dem Pfad. Sein Fell war stumpf und der Körper wirkte bereits ein wenig in sich eingefallen.

»Totes Reh«, sagte Elias und konnte nicht aufhören, die zerfetzte Kehle des Tieres anzustarren.

»Ein Jäger war das wohl kaum«, mutmaßte Jule.

»Eher nicht.« Elias ging in die Hocke und betrachtete wie auch seine Freunde die Wunde näher. Noch vor fünf Jahren hätten sie Stöcke gesucht, um darin herumzustochern, aber aus dem Alter waren sie heraus. Sie hatten genug Kadaver in unterschiedlichen Verwesungsstadien angestochert, um das ein für alle Mal hinter sich zu haben. »Aber jetzt im Ernst: Fällt euch ein Tier ein, das hier heimisch ist und so etwas machen könnte?«

Flo sagte: »Ein Fuchs reißt doch kein Reh in der Größe, egal, wie hungrig er ist. Sieht nicht aus, als wäre es krank oder schwach gewesen vor seinem Tod. Ich wette also gegen Fuchs, hab aber echt keinen Schimmer, was das verursacht haben könnte.«

Elias sagte: »Er hat es vielleicht nicht selbst gerissen. Aber fressen Füchse nicht Aas? Er könnte daran geknabbert haben, wenn es schon tot dalag.«

»Vielleicht war es ja ein Wolf?«, riet Jule. »Die verbreiten sich doch gerade überall in Deutschland. Könnte doch auch hier der Fall sein. Oder – ich hab es: eine Killerfledermaus. Das wäre genial. Eine neue Art von Vampirfledermäusen entwickelt sich hier bei uns und in hundert Jahren wird man wehmütig an die Zeit denken, als es diese Viecher noch nicht gab.«

»Hast du schon was gesoffen, bevor du uns abgeholt hast?«, fragte Flo.

Elias schüttelte den Kopf. »Wenn es Wölfe in der Gegend gäbe, hätten wir davon schon gehört. Und warum sollte der dem

Reh den Hals so lecker aufknabbern, es dann aber nicht weiter auffressen? Satt wurde der so nicht.«

»Blutdurst«, flüsterte Flo.

Jule grinste bescheuert und Elias wusste, dass sie Schwachsinn von sich geben würde, noch bevor sie anfing zu reden. »Vielleicht war es ja die Hexe. Schlägt einmal in jeder Vollmondnacht ihre Zähne in ein Lebewesen, damit sie sich beim nächsten Vollmond erneut erheben kann.«

Flo schubste Jule in Richtung des Kadavers. »Leck mal dran, vielleicht beißt du dann auch in jeder Vollmondnacht eine Kehle durch.«

Jule stieg als Erste über das tote Reh und steckte ihm anschließend die Zunge heraus.

»Ich werde nachher mal googeln, welches Tier das gewesen sein könnte«, sagte Elias, folgte aber seinen Freunden den Weg entlang und achtete sehr darauf, weder mit Schuhen noch mit der Hose das Fell des Rehs zu berühren.

Nach einigen Metern und einer weiteren Kurve stießen sie auf das verlassene Tankstellengebäude. Der Werbeschriftzug der Marke war längst verblasst, die Scheiben mit zerfledderter Zeitung verklebt und die Fassade war schmutzig.

»Da steht ein Taxi«, sagte Flo kurz nachdem es Elias selbst entdeckt hatte, und zeigte mit dem Finger darauf.

Sie spazierten weiter darauf zu. Elias sagte: »Ob dort jemand drinnen ist? Seht ihr irgendjemanden?«

»Zum Bezahlen in der Tanke wird der Fahrer nicht hier angehalten haben.« Jule rannte um die beiden herum. Sie sprach schnell und die Worte purzelten geradezu über ihre Lippen: »Aber im Gestrüpp, irgendwo um uns herum, überall und nirgends, da könnte er sein. Und er hat ein Messer und einen Trichter dabei, damit er seinen Tank mit unserem Blut füllen kann.« Mit der Hand machte sie eine Geste, als stäche sie mit einem Messer neben ihren Köpfen in die Luft.

»Nein, da ist niemand«, sagte Flo betont lässig und ignorierte Jule ebenso, wie es Elias tat.

Als sie das Taxi erreichten, blieben seine Freunde dahinter stehen und schauten sich um, während Elias nach vorne lief. Er legte seine Hand auf die Motorhaube. »Noch warm«, verkündete er. »Das Taxi steht noch nicht lange da.«

»Fahrer und Fahrgast sind also nicht weit weg«, sagte Flo. »Oder Fahrgäste.«

»Oder nur der Fahrer allein«, ergänzte Elias.

Jule mutmaßte mit gerunzelter Stirn: »Ob sich jemand ein Taxi gerufen hat, um eine Leiche im Wald zu entsorgen? Und der Taxifahrer kriegt Extra-Cash, wenn er beim Verbuddeln hilft?«

Flo fragte an Elias gewandt: »Warum sind wir noch mal mit der Spinnerin befreundet?«

»Weil sie ein Auto hat«, sagte Elias, als wären sie nicht schon seit der fünften Klasse beste Freunde. »Wahrscheinlich hatten die einfach eine Panne oder der Kunde wollte schnell telefonieren und der Fahrer ist eine rauchen gegangen. Ganz easy.«

»Was ist da für ein seltsamer Hut auf der Hutablage?«, fragte Jule.

Flo zuckte mit den Schultern, sagte aber: »Ein Regenhut? Sieht aus, als läge da irgendwas drunter. Dann lasst uns die Tankstelle genauer abchecken.« Er kam zu Elias, legte seine Hand auf die Motorhaube und marschierte als Erster auf die Tankstelle zu.

»Das ist eine Falle, Leute«, gab Jule in bedrohlichem Singsang von sich. »Sagt später nicht, ich hätte euch nicht gewarnt! Wohin sollen die Taxileute sonst gegangen sein als in die Tankstelle rein?«

Flo fragte Elias ganz beiläufig und halbseitig grinsend: »Zockst du eigentlich noch dieses dämliche Karatehamster-Spiel auf dem Handy?«

»Das heißt Karatetiger und ist genial. Nur weil deine Wurstfinger zu ungeschickt sind, um meinen Highscore zu knacken, ist das Spiel nicht schlecht.«

»Hört auf zu streiten, Mädels. Schaut mal da, habt ihr das gesehen?« Jule beobachtete angestrengt die Tankstelle.

Beide schüttelten den Kopf.

Jule schnaubte. »Ihr wärt beschissene Ermittler. In der Tankstelle ist kurz Licht hinter der Scheibe aufgeflackert. Das Zeitungspapier wurde kurz von hinten angeleuchtet.«

»Mit einer Taschenlampe?«

»Nein, da war kein Lichtkreis. Eher, als hätte jemand kurz ein Handy angemacht.«

Elias verzog das Gesicht. Er bezweifelte, dass Jule gesehen hatte, was sie ihnen glaubhaft machen wollte. »Meinst du, die Taxitypen machen drinnen ein romantisches Dinner bei Handyschein?«

»Ich meine gar nichts und teile euch beiden Deppen lediglich mit, was ich beobachtet habe, während ihr wieder mal herumzickt.«

Sie erreichten die Tankstelle und blieben vor dem seit Jahren unbenutzten Gebäude stehen. Verfallen war die Tankstelle längst nicht, aber manche Scheiben waren eingeschlagen und mit Brettern zugenagelt. Die Zapfsäulen waren mit verschiedenen Schriftzügen besprüht worden, ebenso die Wände des Gebäudes ringsherum.

»Sieht echt cool aus«, sagte Jule und lief auf die Graffiti zu, über die sie den Lichtstrahl ihrer Taschenlampe schwenkte. Sie drückte kurz auf ihrem Smartphone herum und machte anschließend ein paar Bilder, für die sie sich verbog und letztendlich auch in die Hocke ging.

Neuer Content für ihren Instagram-Account, dachte Elias und überlegte, ob er auch ein Foto machen sollte. Jules Begeisterung steigerte sich. »Viele Schimpfwörter, wie nett. Aber hier, die Hieroglyphen! Richtig in 3D irgendwie. Und was soll das da heißen: ›Kink … erlitzchen‹? Meinen die irgendwas mit kinky? Aber nice gemacht, der Farbverlauf.«

Flo klopfte Jule auf die Schulter. »Du bist eloquent wie sonst was. Kinkerlitzchen steht da.«

»What ever«, murmelte Jule und fotografierte weiter.

Elias sagte: »Wenn da schon Leute drin sind, sollten wir vielleicht abhauen. Nicht dass die denken, wir hätten ihren Drogendeal oder so beobachtet. Sonst haben wir die am Hals.«

Jule versuchte einen Blick in die Tankstelle zu erhaschen. Sie legte die Stirn ans Glas und Elias schauderte wegen der Kühle, die direkt auf ihre Haut übergehen musste. Obwohl sie eine Ecke gefunden hatte, die nicht von Zeitungspapier bedeckt war, bekundete sie, dass sie nichts außer Dunkelheit und Schatten und ein paar schemenhafte Umrisse von dem, was ein Kassenbereich und in paar leere Regale sein mochten, erkannte. Elias hätte sie am liebsten zurückgezogen und konnte es nicht fassen, dass Jule gar keine Angst davor hatte, entdeckt zu werden, wenn sie doch Licht gesehen hatte.

»Die Dose, die wir suchen, ist da nicht drinnen. Lasst uns lieber weitergehen, damit wir unseren Geocaching-Trip abschließen können.«

Jule nickte langsam zu Flos Worten. »Ich bin auch nicht so scharf drauf, da jetzt reinzugehen. Staub und Langeweile gibt's genug bei dir zu Hause, Elias.«

»Quatschkopf«, kommentierte er das und folgte den beiden, die zwischen den Zapfsäulen und dem Tankstellengebäude weiterliefen, um sich zurück auf den Weg zur Dose zu machen. Elias drehte sich noch mal zur Tankstelle um. Niemand kam herausgeschlichen, um ihnen zu folgen.

Flo fragte: »Wer ist denn der dort drüben?«

Der Mann stand ein Stück die Straße hinunter am Fahrbahnrand und fuchtelte mit seinem Handy in der Luft herum.

»Sie werden hier keinen Empfang bekommen. Totes Gebiet«, sagte Flo laut. »Können wir Ihnen helfen?«

Erschrocken drehte sich der Mann zu ihnen um, den Elias auf Anfang fünfzig schätzte. Ein kleiner Bierbauch hing über den Bund seiner ausgebeulten Jeans und seine graue Kurzhaarfrisur war leicht verstrubbelt. »Nein, ja. Danke. Ach, ist das ein blöder Mist-Tag. Mein beschissener Bus hat irgendeine Panne, es geht nichts mehr. Und die paar Fahrgäste, die ich dabeihatte, wollten sich die Beine vertreten und keiner ist mehr zu finden. Empfang hab ich auch keinen, es ist zum Durchdrehen.«

»Wahrscheinlich werden Sie hier auch keinen kriegen«, sagte Jule. »Ihr Handy können Sie wegstecken, außer Sie benutzen es als Taschenlampe.«

Kurz meinte Elias, der Busfahrer würde das Handy ins Gebüsch werfen vor Wut. »Kacke. So ein verdammter Kackmist. Dabei will ich einfach heim zu meinem Hackbraten. Ich meine natürlich zu meiner Ehefrau, die hat ihren Hackbraten gemacht. In der Tankstelle gibt es nicht zufällig noch ein Münztelefon oder so?«

»Eher nicht«, sagte Flo. »Viel Glück noch.«

Die Freunde gingen weiter und nachdem sie sich ein paar Schritte vom noch schimpfenden Busfahrer entfernt hatten, brachen sie erst in leises, dann in immer lauteres Gelächter aus. Für Elias war das Lachen wie ein Ventil, durch das er seine Anspannung besser in den Griff bekam, und er schätzte, dass es Flo und Jule mit ihrem überdrehten Ausbruch nicht anders ging. Sie überquerten die Landstraße, an der auch die Tankstelle lag, und drangen tiefer in den Hexenwald ein, um endlich ihren Geocaching-Ausflug abzuschließen und die Dose aufzuspüren.

Jule schwenkte ihre Taschenlampe vom rechten Gebüsch zur linken Seite und wieder zurück. Sie konzentrierte sich mehr auf das umliegende Gestrüpp als auf den schmalen Waldweg, den sie beschritten, als erwartete sie, dass ein tollwütiges Tier hervorspringen und sie verschlingen wollte. Elias wollte sie gerade fragen, was sie eigentlich suchte, da fragte sie: »Wusstet ihr eigentlich, dass es hier noch einen Grabstein gibt? Für die Hexe, meine ich. Sonst könnte man ihr Grab ja nicht finden. Soll auf einer kleinen Lichtung sein.«

»Du veräppelst uns! Davon höre ich das erste Mal«, sagte Flo. »Ich dachte, die wäre halt irgendwo begraben, aber nicht, dass die Stelle irgendwie markiert ist.«

»Kann mir nicht vorstellen, dass irgendwer will, dass ihr Grab gefunden wird«, sagte Elias. Er war skeptisch, es würde zu gut passen, dass Jule einen ihrer Scherze trieb. Dieses Mal perfekt zugeschnitten auf ihr Abenteuer im dunklen Wald.

Gleichzeitig spürte er, wie sein verräterisches Herz heftig im Brustkorb pochte: Ihm war mulmig und gleichzeitig wollte er herausfinden, welches Spiel Jule mit ihnen spielte.

»Mediensperre, damit sich die Touristen hier nicht rumtreiben«, sagte Jule. »Es soll hier nicht nur spuken, die Alte hat sogar einen Grabstein. Das denke ich mir echt nicht aus!«

Elias schüttelte den Kopf. »Will nicht jede Region möglichst viele Touristen? Ist gut für die Läden und das Image und so. Und warum machen die den Stein dann nicht gleich weg, wenn sie damit nicht Besucher anlocken wollen?«

»Mein Vater hat mir davon erzählt. Und der meinte, dass der Stadtrat verhindern will, dass es publik gemacht wird. Dafür passiert hier einfach zu oft was. Denkt an die Leichen. Wäre kein gutes Image für die Gegend. Aber wäre wirklich cleverer, wenn die den einfach abreißen, und gut ist.«

»Vielleicht steht der unter Denkmalschutz?«

»Dann sollten wir nach dem Grabstein statt nach der Dose suchen«, beschloss Flo, dessen Stimme von Unglauben troff. »Unser übliches Geocaching können wir nächstes Mal wieder machen. Einen Hexengrabstein findet man nicht alle Tage.«

Elias sagte: »Gut, suchen wir das Grab statt Dose Nummer dreitausend und fünf. Weißt du denn, wo er stehen soll?«

»Es gibt hier irgendwo doch diesen gelb markierten Fahrradweg.« Jule deutete mit ihrem Finger in eine Richtung, korrigierte sich aber ein Stück weit nach rechts und schwenkte dann unschlüssig zurück. »Jedenfalls: Wo der sich zum Waldwanderweg abtrennt, ist noch eine ganz kleine, unauffällige Abzweigung. Da muss man lang und nach einer Zeit ist man auf einer Lichtung. Dort am Rand müsste es sein. Am oberen Rand, ich hab keine Ahnung, welche Himmelsrichtung das sein soll.«

»Das klingt, als hättest du dir das eben gerade ausgedacht, als dein Spatzenhirn nichts anderes zu tun hatte«, sagte Flo.

Jule hob die Hände. »Dann glaub mir halt nicht. Frag doch deine Eltern oder Großeltern. Die kennen das Hexengrab der Dorethe Wagner ganz bestimmt.«

»Es kommt mir zwar seltsam vor, dass von uns dreien nur du davon gehört haben willst«, sagte Elias, »aber wir können es gerne drauf anlegen.« Die Hand, in der er seine Taschenlampe hielt, fühlte sich inzwischen feucht von seinem Schweiß an. Die Dunkelheit drängte sich dichter an ihn heran als sonst. Als würde sie ein Geheimnis verbergen, von dem sich niemand wünschen würde, dass sie es preisgeben würde. Als wäre die Finsternis angedickt von Albtraumgestalten und Boshaftigkeit. Und diese Dunkelheit wollte Elias nur deshalb alles verraten, um ihn anschließend zu töten.

»Wie oft hast du heute Nacht eigentlich schon ihren Namen gesagt?«, fragte Flo. Elias sah ihm an, dass er es kaum schaffte, sein Grinsen zu unterdrücken.

»Warum?«, wollte Jule wissen und blieb ihm eine Antwort schuldig.

Flo schnaubte. »Du kennst dich doch so toll aus. Noch nie gehört, dass es bei ihr wie mit Bloody Mary ist? Wenn du in derselben Nacht fünf Mal ihren Namen sagst, kommt sie und zieht dich in ihr Grab hinab. Dann liegst du neben ihr, bis du verfault bist. Und dafür musst du nicht mal vor einem Spiegel stehen wie bei Mary.«

»Das hast du dir jetzt aber ausgedacht«, sagte Elias. Fieberhaft überlegte er, wie oft er den Namen schon gesagt oder gedacht hatte. Ob es schon genügte, den Namen zu denken?

Jule lachte. Sobald sie sich beruhigt hatte, holte sie tief Luft und sagte: »Dorethe Wagner!«

VIER.

Falle oder Notfall?

Mira

Mira saß neben Lars und versuchte durchzuatmen, während er das Lenkrad nun nicht mehr allzu verkrampft festhielt, seitdem der Bus aus dem Rückspiegel verschwunden war. Was hätten sie auch wegen eines leeren Busses tun sollen? Sie beide würden ihr Sternenpicknick genießen und dann nach Hause fahren. Sie versuchte sich auf den erfolgreichen Tag zu konzentrieren: Endlich kannte sie Lars' Eltern persönlich, war erleichtert, dass seine Mutter und sein Vater Menschen waren, mit denen sie künftig gut auskommen würde. Sie dachte an den grellbunten Kunstdruck seiner Mutter, der eine vergrößerte Leguan-Haut zeigte, und war froh, dass diese so einen netten und coolen Eindruck gemacht hatte. Den Gedanken an sie als eventuelle Schwiegermutter in spe verkniff sich Mira, so gut sie konnte. Sie wollte nichts überstürzen. Aber wer hatte seine Gedanken schon völlig im Griff?

Die Landstraße beschrieb eine Kurve und Mira rutschte im Sitz leicht nach rechts, bis die plötzliche Bremsung sie gegen den Gurt presste.

»Was zum …?«, fragte Mira.

Ein Mann stand hektisch winkend hinter dem weißen Streifen, der die rechte Fahrbahn begrenzte. Auf Mira wirkte er alles andere als gefährlich, aber nicht jedem Schurken oder Unmenschen stand das ins Gesicht geschrieben. Circa fünfzig, verstrubbelt und neben der Spur – sowohl auf die Fahrbahn als auch auf seinen Geisteszustand bezogen. Aufgeregt warf er seine Arme in die Luft. Sein Blick war nicht klar, sondern er wirkte verwirrt, wie er abwechselnd ihnen zuwinkte, sich dann über die Schulter schaute und dann sein Handy anstarrte.

»Kaffeeflecken«, sagte Lars ganz abrupt. »Hat sich wohl ordentlich mit Kaffee bekleckert, der Mann da.«

Mira drehte sich überrascht zu ihm. Sie bemerkte, dass sie Lars mit offenem Mund anstarrte, weil sie nicht nachvollziehen konnte, was gerade in ihm vorging. Kaffeeflecken?! »Willst du mich verarschen? Das ist Blut auf seiner Kleidung und kein Kaffee. Halt an, der braucht Hilfe.«

Lars schüttelte den Kopf. »Kaffee. Der findet schon eine Serviette zum Saubermachen.« Er lenkte das Auto in einem Bogen an dem Mann vorbei.

Einen kurzen, aber sich schier endlos dehnenden Moment starrten sich Mira und der Fremde an. Es erschütterte sie erheblich. Die Sekunde, in der sich ihre Blicke ineinander verfangen hatten, ließ einen Kälteschauer wie eine Welle von Eiswasser über ihren Körper spülen.

Mira schaute in den rechten Außenspiegel. Wollte herausfinden, wie der Mann sich weiterhin verhielt. Er drehte sich kurz nach dem Auto um und setzte dann seinen Weg an der Seitenlinie entlang fort. Jeder Schritt schien ewig zu dauern, so sehr wankte er.

»Du hättest anhalten müssen. Dreh um, der Mann braucht unsere Hilfe. Das war doch kein gottverdammter Kaffee!«

»Aber es muss auch nicht sein eigenes Blut sein.« Lars fuhr sich mit der Hand über das Gesicht. Noch hatte er nicht beschleunigt, sondern ließ den Wagen durch die Finsternis rollen. »Hast du denn das Messer an seinem Gürtel nicht gesehen? Es könnte eine Falle sein. Vielleicht ist er ein Killer, der sein nächstes Opfer sucht. Jemanden, der für ihn anhält.«

Mira fasste sich unwillkürlich an den Hals. Es bereitete ihr Mühe zu schlucken. Nein, ein Messer hatte sie nicht bemerkt.

Lars würde mich nicht belügen? Sonst hätte er doch bestimmt angehalten, um zu helfen. Oder will er nur mein Gewissen beruhigen und hat selbst keins mehr? Ihre Gedanken verknoteten sich in ihrem Kopf. War der Mann am Straßenrand Opfer oder Mörder? Ihr Herz raste, wenn sie daran dachte, dass sie beinahe auf ein menschliches Monster hereingefallen wäre. Gleichzeitig zog sich ihr Innerstes wegen der Möglichkeit zusammen, dass sie und Lars sich weigerten, jemandem zu helfen, der ihre Hilfe benötigte.

Als könnte Lars spüren, wie aufgewühlt sie war, wie sehr sie nicht nur an seinen Worten, sondern auch an ihm zweifelte, sagte er mit beschwichtigender Stimme: »Hör mal, das ist mir ein bisschen zu viel Zufall: der leere Bus und kurz darauf ein Mann, der vermeintlich unsere Hilfe braucht. Es ist so verdammt dunkel, da könnte eine ganze Fußballmannschaft von Axtmördern im Gebüsch sitzen und warten, bis jemand anhält.« Er rieb sich mit der Linken über seine Stirn, als würde ihm das beim Denken helfen. Diese Geste hatte Mira immer gefallen und beruhigte sie auch jetzt durch ihre Alltäglichkeit. »Ich bin jederzeit bereit und gewillt, anderen zu helfen, aber das darf dich oder uns nicht in Gefahr bringen.«

»Okay, das sehe ich ein, auch wenn du wohl einen Tick zu viel Horrorfilme gesehen hast. Aber wie wäre es, wenn wir dann die Polizei rufen? Entweder der Mann braucht wirklich Hilfe. Dann bekommt er sie. Oder er führt etwas im Schilde. Dann wird er gestoppt.«

»Na, hoffentlich rücken die mit genug Verstärkung an. Ich will keine Polizisten in den Tod schicken.«

»Lars!«

»Nein, du hast recht. Ich traue der Menschheit vielleicht zu viel Schlechtes zu, was weiß ich. Du bist nicht nur rattenscharf, sondern auch clever wie sonst was.«

»Rattenscharf? Das sagen nur noch Opas, oder?«, sagte Mira und gab sich Mühe, die unangenehme Stimmung aufzuhellen. Sie wühlte in ihrer Handtasche nach ihrem Smartphone und zog es heraus. »Verdammt noch mal, das kann doch nicht wahr sein. Sind wir in einen deiner beschissenen Horrorfilme geraten, oder was?« Kaum hatte sie einen Blick auf das Display geworfen, ließ sie ihr Smartphone sinken und legte es auf ihren Oberschenkeln ab.

Lars brauchte gar nicht zu ihr herüberzuschauen, um zu verstehen.»Du hast also keinen Empfang. Ha! Wirklich wie im Gruselfilm. Wie sieht es bei meinem aus? Oder versuch es vielleicht mit einem Neustart.«

Sie fuhren in langsamem Tempo an einer baufälligen Tankstelle vorbei, die Mira nur aus den Augenwinkeln wahrnahm. Ein Taxi stand dort geparkt. Mehr erkannte sie nicht. Erneut griff sie in ihre Handtasche, die stets auch Lars' Hab und Gut Unterschlupf bot. Eine der Begleiterscheinungen einer Beziehung, wie Mira festgestellt hatte: Man benötigte größere Taschen, damit man den Kram des Liebsten herumschleppen konnte. Ihren Fingerkuppen gönnte sie den kleinen Moment, um über ihren Schlüsselanhänger zu gleiten. Die Stoff-Giraffe mit irrwitzigem Gesichtsausdruck war ein Geschenk ihrer besten Freundin gewesen, bevor sie nach Amerika ausgewandert war.

»Auch nichts«, teile sie ihm mit.»Scheiße, verdammt.«

Kurz blieb es still im Auto wie in einem Grab. Lars trommelte auf dem Lenkrad herum.»Ich wende.«

Miras Herz schlug schneller. Irgendwie war sie allzu bereit, nun doch nur die Polizei zu rufen.»Warum das denn jetzt?«

»Ich will nicht ewig von einer falschen Entscheidung verfolgt werden.« Lars atmete genervt aus.»Wir müssen ja nicht aussteigen. Ich lasse das Fenster ein Stück runter und rede mit ihm. Notfalls fahren wir mit Vollgas weg.«

Fast hätte Mira ihn gebeten, es nicht zu tun. Sie dachte an ein eingeschlagenes Seitenfenster, durch das er seinen Arm strecken könnte. An einen aufgeschlitzten Reifen, der ihre Flucht vereiteln würde. Und zuletzt daran, dass der Mann womöglich einfach eine Schusswaffe ziehen und die beiden im Handumdrehen erschießen würde. Oder er würde nur Lars abknallen und ihr dann mehr Zeit widmen, als ihr lieb wäre. »Du glaubst also nicht, dass es eine Falle ist?«

»Wir sind ja nicht im Film. Warum immer vom Schlimmsten ausgehen? Du hast dich ja auch heute nicht mit meiner Mutter gestritten. Oder meinen Dad angeflirtet. Aber du behältst die Handys im Blick und verständigst die Polizei, sobald es eben geht. Das Picknick verschieben wir dann wohl besser aufs nächste Mal, falls du wieder mit zu meinen Eltern kommen möchtest.«

»Sofern du mich noch mal mitnehmen möchtest.«

Lars streichelte ihr über den Oberschenkel, nahm dann ihre Hand und gab ihr einen Kuss auf die Rückseite ihrer Finger. Danach wurde er sehr ruhig, um sich auf die Begegnung mit dem befleckten Mann vorzubereiten.

Der Knoten in Miras Magen wurde größer, je näher sie der Stelle kamen, wo der Mann gestanden hatte. Sie würde sich erst beruhigen können, wenn sie zurück auf der Autobahn, zurück in der Zivilisation wären und nicht mehr diese dunklen, dicht bewaldeten Hügel hinauf und hinunter fahren würden.

FÜNF.

Waldgedanken

Sibylle

Ein Abendpfauenauge flatterte beschwingt an Sibylles linker Wange vorbei. Sie betrachtete das Tier jedoch nicht voller Verzückung, wie es viele Frauen bei Schmetterlingen taten, sondern war kurz davor, nach dem Insekt wie nach einer Mücke zu schlagen. Es war ihr lästig. Lästig wie der gesamte Abend, wie eigentlich jedes einzelne Ereignis des heutigen Tages.

Es mochte keine Stunde her sein, da war Sibylle am Krankenbett ihrer Mutter gesessen und sich sicher gewesen, dass es nicht weiter bergab gehen konnte. Nun stand sie da, allein inmitten eines dunkeln Waldes, und fragte sich, ob sie den Anblick ihrer sterbenskranken Mutter nicht besser ertragen hätte statt hier zu sein. Sie war heute auf die Palliativstation verlegt worden und dort war es immerhin warm und hell. Ihre Mutter, deren einstmals starken Händen und weichen Wangen sie sich näher fühlte als der kraftlosen Hülle im Krankenhausbett, hatte es verdient, nach all der Zeit des Schwindens endlich gehen zu dürfen. Sibylle suchte nach Schmerz in ihrer Brust, wenn sie an das baldige Ableben ihrer Mutter dachte, fand da aber vor allem Erleichterung. Seit dem Treppensturz ihrer Mutter vor drei Jahren hatte die Frau schwer zu kämpfen gehabt. Die Krankheit gab ihr den Rest und Sibylle hoffte, dass sie ihre Traueranzeige mit »Nach kurzer und schwerer Krankheit« würde beginnen können, damit ihre Mutter nicht länger litt, als es nötig war.

So beschloss sie, dass es auch ein Gutes hatte, mitten im Nirgendwo verloren gegangen zu sein: Immerhin musste sie sich in der Lage, in der sie sich befand, nicht damit befassen, ob sie ein schlechter Mensch war. Oder nur undankbar. Vielleicht auch zu gestresst von allem, was ihr von allen Seiten abverlangt wurde. Oder war sie eventuell sogar normaler, als sie glaubte?

Sie dachte an den Taxifahrer mit seinen lästigen Kommentaren und Sprüchen, verdrängte ihn aber sofort wieder aus ihren Gedanken. Ich stehe jetzt hier und muss nach Hause ins Bett. Denk nach, Sibylle, was bleibt dir übrig?

Sie zog ihr Handy aus der Jackentasche, erwartete aber nicht, dass es inzwischen Empfang hatte. Sie war es gewohnt, auf dem Land in kleineren Dörfern kein Netz zu haben. Dass der Wald alles schluckte oder dass es hier überhaupt nichts zu empfangen gab, verwunderte sie deswegen kein bisschen. Sie war hier in der Nähe aufgewachsen und hatte vor sich hin gelebt, aber der heutige Tag mit all seinen Überraschungen und Wendungen hatte ihr deutlich gemacht, dass sie den Rest ihres Lebens anders anpacken musste. Schon heute Morgen, als ihre Lieblingshalskette mit dem Amethyst-Anhänger nicht auf ihrem Nachttisch lag, wo sie sie am Abend zuvor gelassen hatte, hätte sie ahnen können, dass dies ein Tag für die Mülltonne werden würde. Bestätigt wurde das durch das graue Haar, das wieder aufgetaucht war. Sie hatte es, während sie vor dem Badezimmerspiegel stand, ausgiebig verflucht. Wie konnte sie ihr Alter nun doch noch einholen, wo sie so stolz bei ihren Freundinnen geprahlt hatte, dass sie selbst mit Mitte vierzig keine Tönung oder Färbung benötigte, um ohne Großmuttergrau zu sein. Sie liebte es, ihre Nachbarin Marion damit aufzuziehen.

Immerhin wusste sie jetzt mit Sicherheit, dass sie aus jedem einzelnen Tag ihres Lebens das Beste machen wollte. Tage, die in Wochen übergingen, würden nicht mehr an ihr vorbeiziehen. Sie wollte jeden Abend mit einem zufriedenen Lächeln einschlafen.

»Ein Scheißende für einen Scheißtag. Hoffentlich der letzte Scheißtag für eine lange, lange Zeit«, sagte sie vor sich hin und wunderte sich, wie dünn ihre Stimme klang. Abrupt blieb sie stehen. Das Taxi! Ich nehme das Taxi zurück.

Mit zusammengekniffenen Augen schüttelte sie über sich selbst den Kopf, dass ihr diese Idee nicht längst gekommen war. Ihr lästiger Taxifahrer war mit Sicherheit nicht weggefahren, das schloss sie getrost aus. Er hatte ihr ziemlich nervige Avancen gemacht, angeboten, ihr an der Tankstelle zu zeigen, was er außer Taxi fahren noch gut konnte. Ob er ihr letzten Endes auch tatsächlich Gewalt angetan hätte, konnte Sibylle nach wie vor nicht einschätzen, aber sie hatte den Wortschwall, den er über sie ergoss, nicht mehr ertragen. Allein der Gedanke an das, was er ihr anbot, erregte ihre Übelkeit und nicht ihre Lust, wie der schmierige Kerl es wohl erwartet hatte. Mit einem Mal war etwas in ihr aufgebrochen, das sie nicht benennen konnte. Gleichsam machte sie sich auch nicht die Mühe, in sich nachzuhorchen, was es war. Ihre Mutter starb, sie würde es ihr gewiss nicht nachtun. Am Ende ihres Lebens würde sie nicht darauf zurückblicken, wie sie sich hatte herumschubsen lassen. Aus der Zeit, die ihr blieb, würde sie herausholen, was ging; es auskosten, so sehr sie eben konnte. Grenzen akzeptierte sie fortan keine mehr. Ihre neue Einstellung zog für sie einen Rattenschwanz an Möglichkeiten und Veränderungen nach sich, die sie alle angehen wollte. Jetzt. Oder zumindest morgen früh, wenn sie sich nach einer wärmenden Dusche im Bett ausgeschlafen hätte.

Sie rieb ihre Hände aneinander. Der Herbst hatte eine Kühle und Feuchtigkeit mit sich gebracht, auf die sie hätte verzichten können. Der sachte Nebel, der am Boden zwischen den Stämmen waberte, schien ihr unter die Kleidung zu schlüpfen, wie es der Taxifahrer gerne getan hätte. Sibylle machte auf der Stelle kehrt und folgte dem Pfad, der sie früher oder später in ein Dorf oder zumindest zu einer bäuerlichen Siedlung hätte bringen sollen, zurück zur Tankstelle. Sie verfluchte den Taxifahrer nicht nur dafür, was er mit ihr hatte tun wollen, sondern auch dafür, dass er sie nicht einfach nach Hause hatte fahren können. Immerhin stand ihm wenige Minuten später die Reue darüber ins Gesicht geschrieben, dass er sie zu dieser gammeligen Tankstelle gebracht hatte.

Die Hälfte des immerhin nicht besonders hügeligen Weges hatte sie zurückgelegt, als es neben ihr im Gebüsch leise raschelte. Sofort blieb Sibylle stehen und horchte mit angehaltenem Atem in die Dunkelheit hinein. Sie fühlte, wie die kalte Nachtluft ihr die Körperwärme entzog, jetzt, wo sie nicht mehr in Bewegung war, als wäre ihr beim Schlafen im ersehnten Bett die Decke weggerutscht und hätte nackte Haut der sie umgebenden Kühle entblößt.

Sibylle versuchte sich damit zu beruhigen, dass es die Tiere des Waldes sein mussten, die um sie herumhuschten und für allerlei Geräusche sorgten. Sie atmete tief ein und aus, aber nach wie vor schlug ihr Herz ein bisschen zu schnell.

Er kann dir gar nicht gefolgt sein. Du hast ihn mit deinem Handy angeleuchtet, um das zu prüfen. Er bleibt in der Tankstelle.

Sibylle ballte ihre Hände zu Fäusten, wobei ihre manikürten Fingernägel gegen die Handfläche drückten. Das scharfe Brennen, noch lange kein erwähnenswerter Schmerz, erdete sie. Dreh nicht durch! Du besorgst dir die Taxischlüssel, gehst zum Taxi und fährst los. Lässt den Wald hinter dir. Dann stellst du es ab und läufst die letzten drei oder vier Kilometer heim.

Sie nahm sich vor, zu Hause vor dem Schlafengehen eine extra dicke Schicht Nachtcreme aufzutragen, und versuchte sich mit diesem alltagsnahen Gedanken zu beruhigen. Sie konnte die Creme förmlich riechen. Spüren, wie die Feuchtigkeit in die Haut einzog und sie geschmeidig machte. Sibylle redete sich fast glaubhaft ein, dass sie im Bett liegen und darüber lächeln würde, dass ihr Plan funktioniert hatte.

Also: zuerst die Schlüssel!

Die Tankstelle kam in Sicht, ohne dass sie unterwegs auf ein weiteres Lebewesen oder Hindernis gestoßen wäre. Sie lief um die Tankstelle herum und blieb ganz plötzlich stehen, als sie

Stimmen hörte. Vorsichtig schaute Sibylle an der Ecke vorbei und entdeckte im Mondlicht zwischen Zapfsäulen und Shop fremde Menschen.

SECHS.

Von Kaffeeflecken und Blutlachen

Lars

Lars spürte, wie sein linkes Augenlid zuckte. Er hasste dieses Gefühl, wenn die Nerven bloß lagen wie umgegrabene Erde, wenn er sie doch beisammen behalten wollte. Würde es etwas bringen, hätte er sich die Faust auf das Auge gepresst, aber dieser Versuch war zuvor stets gescheitert. Zudem wollte er sich gegenüber Mira nichts davon anmerken lassen, wie sehr ihn die Situation stresste.

Wäre seine Freundin nicht dabei gewesen, hätte er sich nicht die Mühe gemacht, der Sache auf den Grund zu gehen. Er wäre vorbeigefahren, das musste er sich eingestehen. Aber er merkte, dass sie irgendwie erschüttert gewesen war, enttäuscht von ihm, und das wollte er aus der Welt schaffen, bevor es zu spät war. Lars fand sich selbst eher vorausschauend als übervorsichtig, wie ihm seine Ex gerne vorgeworfen hatte. Durch diesen »Spleen«, wie seine dämliche Ziege von Ex-Freundin es genannt hatte, wollte er keinesfalls einen Keil zwischen Mira und sich treiben lassen. Wenn es ihr ein Anliegen war, dass sie der Sache auf den Grund gingen, war er bereit, für sie genau das zu tun.

Kaffeeflecken. Lars schüttelte über sich selbst den Kopf. Nice try, du Trottel.

Die Straße beschrieb eine Rechtskurve und Lars meinte, dass sie ungefähr dort den Mann zurückgelassen hatten. Tatsächlich befand er sich noch an beinahe derselben Stelle wie zuvor. Dieses Mal mehr am Straßenrand als auf der Fahrbahn und er saß, statt zu stehen. Lars lenkte das Auto zur Seite. Dabei ignorierte er, dass er falsch herum und entgegen der Fahrtrichtung auf der Straße stand. Er wollte den Mann auf jeden Fall auf seiner Seite des Wagens haben und nicht zu nah bei Mira. Hier würde so schnell niemand vorbeifahren, den er als Geisterfahrer behinderte. Mira drückte auf die Taste für den Warnblinker und lächelte ihn unschuldig an.

Lars ließ seine Fensterscheibe ein Stück weit hinunter. »Können wir Ihnen helfen?«, rief er durch den Schlitz hindurch.

Der Mann, der das Auto zuvor nicht weiter beachtet hatte, erhob sich beinahe wie eine Marionette, die auf die Füße gezogen wurde. Einen Moment lang schwankte er, als würden seine Beine gleich wieder nachgeben, aber dann stabilisierte er sich. Er beugte sich ein Stück weit zum Fenster herunter, aber berührte das Auto nicht, was Lars ihm zugutehielt. »Die sind alle weg!«, sagte er und fuhr sich durch die Haare. An einer Stelle kniff er die Augen zusammen und betrachtete anschließend seine Fingerspitzen. Blut. Er wischte sich die Finger am Pullover sauber und die Flecken reihten sich neben vielen anderen ein. Wie diese dorthin gekommen waren, stand für Lars nun fest. Auch an der Schläfe des Fremden war ein kleines Rinnsal zu entdecken, aber Lars empfand es als überflüssig, darauf hinzuweisen. »Das Scheißding wollte nicht mehr weiterfahren, also hab ich angehalten. Die paar Fahrgäste, die ich dabeihatte, ich glaube fünf oder vielleicht knapp zehn so in etwa, wollten sich die Füße vertreten. Jetzt find ich die nimmer und dann …«

Ein Mann trat aus dem Wald.

Ein kleiner Adrenalinstoß jagte durch Lars' Adern. Er schluckte. Gedanklich ging er die Möglichkeiten durch, die sie hatten, falls sie doch in eine Falle geraten waren, die sich nun um sie zuzog. Sein Herzschlag beschleunigte sich, bis er erkannte, dass der Mann nicht mehr der Jüngste war und Försterkleidung trug. Sein ergrautes Haar wuchs dicht und spitze strubbelig unter seinem Hut hervor. »Ich habe Sie gerade bremsen hören. Ich wollte gerade zu meinem Auto marschieren, einen Verbandkasten holen. Der Mann, Egon heißt er, wurde angegriffen. Von wem weiß er selber nicht. Ich bin übrigens der Hans.«

Lars atmete langsam aus und öffnete seine Fäuste, die er unbewusst geballt hatte. Nun bestätigte sich für ihn, dass es die richtige Entscheidung war, anzuhalten, auch wenn der Busfahrer sich tatsächlich nicht mit Kaffee bekleckert hatte, wie Lars hatte Mira weismachen wollen.

»Dabei will ich doch nur heim zu meiner Frau und dem Hackbraten. Mit 'n bisschen Glück gibt's Bratkartoffeln dazu«, sagte der Busfahrer, als wäre es die größte Ungerechtigkeit der Welt, dass er aufgehalten wurde und seine Leibspeise zu Hause kalt wurde.

»Jaja, dort bist du auch gleich und kannst dir den Bauch vollschlagen.« Etwas leiser fügte er für Lars hinzu: »Ich weiß nicht, ob es der Schock über die Verletzung ist oder ob er immer … von so simpler Natur ist.«

»Da fährt der Bus nicht mehr und dann gehen einem die Fahrgäste verloren. Die werden mir kündigen. Fristlos! Schlimmer geht es ja kaum. ›Desaströs‹ sagt mein Bruder in so Situationen gerne, aber für mich wär es einfach kacke.«

Der Förster legte dem Busfahrer eine Hand auf die Schulter: »Egon, ja bist du denn auch sicher, dass du überhaupt noch wen dabeihattest? Ich hab niemanden gesehen außer dir.«

Lars sagte: »Aber irgendwer muss ihn ja geschlagen haben, auch wenn Sie ihn nicht gesehen haben. Vielleicht jemand aus Ärger darüber, dass der Bus nicht weiterfährt?«

»Meine Schicht war fast vorbei und dann das!« Egon schüttelte erst seinen Kopf verzagt und schwankte dann ein wenig.

Hans nickte. »Ich glaube, du brauchst ein Pflaster. Hätten Sie etwas dagegen, uns da auszuhelfen?«, fragte er Lars.

Nach einem Blick auf Mira, die das Geschehen verfolgt hatte, als wäre sie in einem Laientheater, überlegte er kurz, ob er den

Schlüssel abziehen sollte. Wenn er zum Kofferraum ging, könnte sich einer der Männer neben Mira setzen und mit ihr wegfahren.

Sicher ist sicher, auch wenn das wahrscheinlich nette Leute sind. Was für eine verrückte Heimfahrt, das glaubt uns keiner.

Lars schaltete den Motor aus und zog den Schlüssel ab. Licht und Warnblinker blieben an und Mira flüsterte:»Kaffeeflecken«.

Er ging um das Auto herum, der Förster folgte ihm ein Stück weit und blieb zwischen ihm und dem Busfahrer stehen.»Gleich geht's dir besser«, sagte Hans zu Egon, als erläuterte er einem Kind die magischen Wunderkräfte eines schlichten Pflasters, das jedes Wehwehchen im Nu verfliegen ließ.

»Was für ein Tohuwabohu, und das am Hackbraten-Samstag«, sagte Egon und seufzte ergeben.

Lars nahm eine Mullbilde und eine Kompresse aus dem Erste-Hilfe-Koffer, damit der Förster Egon einen Verband anlegen konnte. Mit überraschend fachmännischen Handgriffen war dies innerhalb einer Minute geschehen, wobei der versorgte Busfahrer missmutig nach oben schielte. Dass er den Verband lange tragen würde, konnte Lars sich nicht vorstellen.»Die Verletzung ist seitlich am Hinterkopf. Er muss hinterrücks niedergeschlagen worden sein. Ich hab ihn ohnmächtig auf dem Waldboden gefunden und ihn dann zum Straßenrand gebracht. Mit Hoffnung auf Hilfe. Als Sie vorbeigefahren sind, hab ich mich gerade nach demjenigen umgesehen, der ihm das angetan haben könnte. Irgendwer muss ja da draußen sein. Gestoßen hat er sich bestimmt nicht. Aber ich bin die ganze Zeit über in Egons Nähe geblieben, falls er noch mal umkippt. Als dann zu vermuten war, dass ihm niemand mehr auflauert, wollte ich gerade Verbandszeug aus dem Auto holen, da sind Sie zurückgekommen.« Lars sah dem Förster an, wie gut es ihm tat, von seinem Vorgehen zu berichten und dass er nun nicht mehr alleine mit der Situation konfrontiert war, und freute sich darüber mehr, als er es erwartet hatte.

»Wo haben Sie Ihr Auto stehen? Wollen Sie ihn ins Krankenhaus fahren?«, fragte Lars und hörte die Autotür zuschlagen. Mira trat zu ihnen. Den Männern wünschte sie einen guten Abend.

»Mein Auto ist noch hinter der Tankstelle, an der Sie bestimmt vorbeigefahren sind. Die ist nicht weit die Straße rauf. Ins Krankenhaus muss der Gute wohl so dringend nicht. Auf jeden Fall nicht auf der Stelle. Es blutet schon nicht mehr nach. Wir sollten vorher seine Passagiere finden, falls es die denn gibt, und dann vielleicht nach seinem Bus schauen, oder? Wenn alles geregelt ist, fahre ich ihn zum Arzt.«

Mira sagte:»Den Bus haben wir in einer Parkbucht dort hinten entdeckt, aber Leute waren da keine.«

Der Förster strich sich über seinen grauen Schnurrbart.»Die eindrücklichste Stelle hier ist die Tankstelle. Wenn man sich verirrt, könnte man da durchaus vorbeikommen, wenn man sich parallel zur Landstraße hält. Ich schlage vor, dass ich Egon zur Tankstelle bringe. Sie könnten zum Bus fahren und dort nachsehen, ob sich jemand eingefunden hat. Dann kommen Sie zur Tankstelle und wir besprechen dort unser Vorgehen. Im Wald gibt es kein Funknetz, aber vielleicht haben wir ja Glück und es fährt eine Polizeistreife an der Tankstelle vorbei. Die fahren da öfter herum, auch wegen der Hexe.«

Lars wusste, dass Mira nachfragen würde, noch bevor sie das Wort wiederholte.»Hexe?«, fragte sie mit großen Augen. Er musste lächeln und merkte, wie die Anspannung weiter von ihm abfiel. Seine Abenteuerlust hingegen wuchs.

Hans winkte ab.»Nur eine alte Sage in der Gegend. Es gibt im Wald einen Grabstein, wahrscheinlich nur ein alter Gedenkstein für den ehemaligen Hinrichtungsplatz. Könnte auch ein simpler Grenzstein sein. Fragen Sie mich nicht, meine Frau ist es, deren Steckenpferd Geschichte ist. Sie ist selbst wie ein wandelndes Geschichtsbuch.«

»Ein Hexengrab, Lars«, sagte Mira. Für die Dauer eines Herzschlags blieb sie still.»Das muss ich sehen.«

»Kann ich Ihnen gerne bei einer besseren Gelegenheit zeigen«, sagte Hans. »Als kleines Dankeschön, weil Sie angehalten haben und mir helfen.«

Lars nickte und grinste ihr zu. Nun, da keine Mörderbande ihnen auflauerte, begannen sie beide, ihr kleines Waldabenteuer zu genießen. Lars interessierte zwar weniger die Hexe als vielmehr, ob es die vermeintlichen Fahrgäste des Busfahrers überhaupt gab und wer Egon verletzt hatte. Er schloss es nicht aus, dass Egon es irgendwie geschafft hatte, sich selbst die Wunde zuzufügen.

Es war, als wäre er in einen harmlosen Sonntagabendkrimi geraten. Immerhin war Egon nur geschlagen und nicht ermordet worden. Es galt ein Rätsel zu lösen und irgendwie fesselte es ihn mindestens so sehr wie die, die im Fernsehen gezeigt wurden. Seine vorherigen Bedenken waren von einer fiebrigen Neugierde beiseitegeschoben worden, aber Lars nahm sich vor, sich nicht allzu sehr mitreißen zu lassen und wachsam zu bleiben. Mira und er sollten nicht die Nächsten sein, die hinterrücks niedergeschlagen werden würden. Seine letzte Prügelei lag in seiner Schulzeit, aber er war bereit, auch heute Nacht seine Fäuste sprechen zu lassen, falls das nötig wäre. Sie stiegen ein und Lars drückte aufs Gaspedal, um herauszufinden, ob tatsächlich jemand zum Bus zurückgekehrt war.

SIEBEN.

Zwei verlorene Seelen im Wald

Werner

»So ein Mist, der Flachmann ist leer«, sagte Werner und bereute es, dass sie nicht im Bus geblieben waren. »In einer halben Stunde friere ich mich zu Tode.«

»So schlimm wird es schon nicht kommen.« Mike fing Werners fragenden Blick auf und fügte hinzu: »Nein, ich hab auch nichts dabei. Atme mal tief durch, das wird deinem Kopf helfen.«

»Ich bin nicht betrunken«, murmelte Werner. »Mit dreiundfünfzig weiß man ja wohl, wann man betrunken ist und wann nicht.«

Mike ersparte es den beiden, seinen gut zehn Jahre älteren Freund darauf hinzuweisen, dass dieser bereits vierundfünfzig war, und sagte stattdessen: »Ich glaube, ich lege mir auch so ein Messer zu.«

»Wie dieser unheimliche Typ?«

»Ja. Nicht, dass ich da unbedingt dran lecken müsste, aber ist doch nie verkehrt, so ein Messer dabeizuhaben.«

»Kann schon sein.« Beide folgten dem Pfad durch den Wald, der sogar breit genug war, dass sie gemütlich nebeneinander laufen konnten. An der Gabelung entschieden sie sich für den leicht nach links führenden Pfad, da der rechte einen steilen Anstieg nahm, mit dem sie sich nicht abmühen wollten. »Ich hoffe, du merkst dir, von wo wir gekommen sind. Ich bin längst raus. War vielleicht doch ein Schlückchen zu viel.«

»Wir sind nur geradeaus gelaufen. Den Weg zurück zum Bus würdest sogar du finden.« Mike lachte. »Schau uns an, wir spazieren nachts durch den Wald wie so Wanderer. Das glauben uns die anderen nie, wenn wir ihnen morgen Abend in der Eckkneipe davon erzählen. Vielleicht sind ja noch ein paar da, falls wir es heute noch schaffen, dazuzustoßen.«

»Aber eigentlich hab ich auch genug jetzt. Gehen wir zurück?«

Mike hob die Augenbrauen. »Hast du etwa noch was im Bus?«

»Was?« Werner machte ein unschuldiges Gesicht, bis es von einem Lächeln durchzogen wurde. »Schnaps meinst du?«

»Du nimmst das mit unserem Feierabendbier irgendwie zu ernst, Mann. Mir macht es ja auch Spaß, mit euch zu trinken, aber du haust voll auf deine arme Leber drauf.«

»Ach komm, heute war im Betrieb Abschiedsfeier. Ich wollte eben in Partystimmung bleiben, bis wir in der Eckkneipe weiterfeiern können.«

»Oh, shit. Siehst du das da vorne? Ich glaub, mir kommt's gleich hoch!« Mike presste sich die Hand vor den Mund.

Werner folgte Mikes ausgestrecktem Finger. Er hatte Mühe, dabei nicht zu schwanken, aber als er entdeckte, worauf sein Kumpel wies, fuhr es heiß und kalt durch seinen Körper. »Das ist ja grässlich. Meinst du, wir müssen näher ran?«

»Mir reicht das eigentlich schon. Aber wir müssen sichergehen, dass der nicht mehr lebt, der da hängt.«

»Wie könnte der noch leben? Ich erkenne seine Innereien noch von hier!«

»Nur ein Stück«, sagte Mike und ging voran. Seine Bewegungen erinnerten Werner an eine Videoaufnahme, die in Zeitlupe abgespielt wurde.

Werner blieb stehen und folgte Mike erst, als dieser sich gute drei Meter vorangekämpft hatte. Dabei konzentrierte er sich auf den Waldboden. Auf die einzelnen Grasbüschel in der Mitte des Weges. Auf die kleinen Steinchen, die herumlagen, und auf die flachen Löcher, in denen sich bei Regen Pfützen bilden würden.

»So eine verdammte Scheiße. Er wurde … ich kann es gar nicht beschreiben.« Werner hörte Mike schlucken. Er wünschte, im Wald gäbe es mehr Wind, damit er den Gestank nach Blut nicht riechen müsste, der sich ihm in der Nase festsetzen würde wie eine Zecke am Hund. Mike setzte erneut an, während Werner weiterhin den Boden anstarrte. »Irgendwer hat ihn mit seinen Gedärmen an Händen, Füßen und am Hals am Hochsitz festgebunden. Was für eine Schweinerei. Das ist so übel.«

»Meinst du, er hat noch gelebt, als …?« Werner presste sich beide Hände an den Mund.

Mike schüttelte mit aufeinandergepressten Lippen den Kopf.

»Meinst du, das war der Messermann aus dem Bus? Der Kerl im Mantel, der die ganze Zeit sein Messer befingert hat?«

»Ich hoffe nicht, dass ich jemals mit einem Menschen im selben Bus sitzen werde, der zu so etwas fähig ist. Lass uns abhauen.«

Mike hastete am Hochsitz mit dem daran angebrachten toten Körper vorbei und schirmte sein Gesicht mit der Hand ab, als würde ihm das helfen, nicht noch mal hinzuschauen.

»Warte, das ist die falsche Richtung.«

Mike hielt nicht an, sondern drehte sich um und lief rückwärts. »Ich geh nicht zum Bus zurück. Wir gehen direkt nach Hause. Noch mal will ich diesen Messermann nicht treffen. Scheiße, ich werd ewig Albträume haben, von dieser Leiche.«

»Das ist aber voll weit.«

»Willst du so enden wie das arme Schwein am Hochsitz? Ich nicht. Wir laufen, vielleicht können wir ja ab dem nächsten Dorf per Anhalter fahren. Aber erst mal verpissen wir zwei uns von hier.«

Werner, der viel vom Verstand seines Kumpels hielt, schluckte sein Missfallen hinunter und eilte ihm nach. Was er aus den Augenwinkeln vom Hochsitz und der daran gebundenen Leiche erkannte, schlug ihm dermaßen auf den Magen, dass er sich übergab, ehe er zu Mike aufschloss. Er wünschte, er hätte nie erfahren, wie ein Körper von innen aussah. Mit bitterem Geschmack im Mund verwünschte er die Bus-Panne und den Umstand, dass ihm der Anblick des Toten nicht erspart worden war, wo er doch nur einen gemütlichen Abend in seiner Lieblings-Eckkneipe hatte verbringen wollen.

Eine Eule flog so dicht über ihren Köpfen hinweg, dass Werner sich duckte. Sie landete auf einem Baum und ihre runden Augen beobachteten die Männer, als versuche sie zu ergründen, was diese in ihrem Wald zu suchen hatten. Bei ihrem Abschiedsschrei zuckte Werner so heftig zusammen, als wäre der Mörder brüllend aus dem Gebüsch gesprungen.

ACHT.

Höhle oder Hölle?

Ein Mann im Wald

Sein Herz schlug in einem normalen Rhythmus und das Messer ruhte verborgen unter dem Mantel. Er fühlte sich erquickt. Das traf es am besten. Sein Leben hatte weder einen tieferen Sinn bekommen, wie es in Filmen dargestellt wurde, noch lief er mit einer Erektion durch den Wald. Natürlich würde er später an sich herumspielen und dabei daran denken, wie er getötet hatte. Egal, ob sein Opfer ein Mann oder eine Frau war, die Erinnerung daran fand er stets betörend. Er hatte seinen Spaß gehabt, den größten Spaß, den er kannte, und er wollte mehr davon.

Er marschierte durch den Wald, auf der Suche nach den anderen Fahrgästen des Busses. Oder nach anderen Menschen, die es entgegen aller Wahrscheinlichkeit in die leblose Kälte des hiesigen Waldes verschlagen hatte. An einem Bach hatte er sich die Hände und das Gesicht gewaschen und bis auf wenige Blutstropfen, die auf dem dunkelblauen Mantel in der Finsternis ohnehin kaum zu erkennen waren, wies nichts darauf hin, was er getan hatte.

Inzwischen wuchsen die Bäume dichter und er nahm sein Handy heraus, um mit der integrierten Taschenlampe mehr von seiner Umgebung zu erkennen. Wäre er der Typ dazu, hätte er pfeifen mögen, so gefiel ihm sein spontaner Nachtausflug.

Fast hätte er es nicht erkannt, als der Lichtkegel darüberglitt. Aber einen Schritt später blieb er stehen und leuchtete zwischen die Bäume. Verborgen hinter langen Wurzeln, die über die Öffnung ragten, tat sich vor ihm eine kleine ebenerdige Höhlenöffnung auf. Auf den Knien würde er hineinkriechen können, wenn er wollte. Der Mann schlug sich durch ein paar Büsche und Zweige, bis er direkt vor der Höhle angekommen war. Seine Taschenlampe enthüllte einen lang gestreckten Schacht, dessen Dunkelheit nach vielleicht vier oder fünf Metern das Licht verschluckte und damit nicht mehr preisgab.

Lächelnd ließ er sich auf die Knie hinab. Er wollte so weit hineinkriechen, wie er eben kam. Und falls die Höhle über ihm einbrechen würde, hätte er ein kühles Grab gefunden. Eins so gut wie jedes andere. Nach zwei Metern umschloss ihn eine Stille, wie er sie selten gehört hatte. Erst nachdem das Grillenzirpen und Rascheln weggefallen war, fiel ihm die fehlende Geräuschkulisse des Waldes auf. Ein spitzes Steinchen bohrte sich in sein Knie. Kurz verzog er das Gesicht, atmete ein und schenkte dem leicht pochenden Schmerz keine Aufmerksamkeit mehr.

Er erreichte eine leichte Biegung nach links und der Schacht vergrößerte sich ein wenig. So, dass er zu den Seiten mehr Platz hatte, aber aufrichten konnte er sich bei Weitem nicht. Er kroch noch einmal so weit wie zuvor und gerade, als er seinen Ausflug ins Erdreich beenden wollte, öffnete sich der Tunnel zu einer Höhle. Er stieg aus dem Schacht und richtete sich auf. Knie und Hände waren feucht und schmutzig von der Erde, über die er gekrochen war, ansonsten war er sauber.

Die Höhle war nicht größer als sein Wohnzimmer. Er lebte in einem alten Haus mit kleinen Räumen, sodass er sich hier irgendwie geborgen fühlte, was allerdings auch an den Knochen und Schädeln liegen konnte, die in der Höhle verteilt lagen. Ohne einem Muster zu folgen, waren sie auf dem Boden verstreut, an die Wände gestapelt oder hier und da zu kleinen Haufen aufgetürmt. Keine zwei Atemzüge später erkannte er, dass von keinem einzigen Tier Knochen dabei waren.

Vielleicht war das spitze Steinchen von vorhin ja ein Knochensplitter, dachte er.

Er versuchte einzuschätzen, von wie vielen Menschen die Überreste hier entsorgt, begraben und versteckt worden waren. Aber statt zu einem Ergebnis zu kommen, bemerkte er, wie klein viele der Knochen waren.

Kinder. Heranwachsende Menschen.

Bestimmt fünfzehn, eher zwanzig Kinderskelette umgaben ihn. Dazu noch ein paar größere, die auch von jungen Erwachsenen stammen konnten. Die Knochen wiesen keine Nagespuren oder sonstige Kerben auf. Er schloss daraus, dass das ehemals daran haftende Gewebe entweder natürlich verwest sein musste oder jemand beherrschte sein Handwerk und wusste, wie man spurlos Fleisch vom Knochen löste.

Aus Respekt vor den Taten eines anderen zog er sich nach einem Moment der tiefen Bewunderung zurück. Dies war kein Ort, in den man eindringen sollte, sondern etwas sehr Persönliches. Aber diese Höhle berührte ihn tief. Obwohl er höchstwahrscheinlich nicht wieder hierher kommen würde, beschloss er, sich auch selbst ein solches Grabmal, eine Sammelstelle für seine Fleischsäcke anzulegen. Nicht zu weit von zu Hause entfernt, damit er an Tagen, an denen er eine Sehnsucht nach dem Blutvergießen verspürte, dort einkehren könnte und vielleicht so Ruhe finden würde, wenn es ihm nicht möglich war, jemanden umzubringen. Eine Ehrenstätte für seine Taten und die Opfer, die dafür nötig gewesen waren.

Der Rückweg durch den Tunnel kam ihm kürzer vor und sobald er wieder auf dem Pfad war, schlenderte er weiter. Gerne hätte er gewusst, auf was genau er da gestoßen war. Lebte derjenige noch, der das getan hatte, oder lagen die Morde Hunderte von Jahren zurück? Der Mann kickte ein Steinchen weg und grübelte, ob ein Einzelner dahintersteckte oder ob er vielleicht die Rückstände eines Sektenkults gefunden hatte.

Gedankenversunken folgte er den Waldwegen, wie sie eben kamen, bis er auf eine winzige Lichtung stieß. Drei Schatten huschten darüber, aber mehr als schemenhafte Gestalten konnte er nicht ausmachen. Interessiert blieb er stehen, um zu beobachten.

Die Schatten steuerten eindeutig ein Ziel an. Davor gingen zwei davon in die Hocke und wurden so fast unsichtbar. Der dritte Schemen schloss sich den beiden erst nach einem Moment an.

So leise wie möglich schlich er am Rand der Lichtung entlang. Er wollte mehr herausfinden und näherte sich, ohne Geräusche zu verursachen, die den drei Schattengestalten auffallen würden. Seine Jagderfahrungen kamen ihm hier definitiv zugute. Zunächst konnte er nur die Stimmen von drei Jugendlichen hören, aber er schlich weiter heran, bis er zumindest großteils verstand, wovon sie sprachen.

Belustigt hob er die Augenbrauen. Sobald sie sich verzogen hatten, wollte er ihren Fund ebenfalls genauer betrachten. Hätte er eine Schaufel dabei, wären seine Pläne festgestanden. So musste er abwarten und sich erst ein Bild von der Lage machen, um zu entscheiden, wie er verfahren würde. Anschließend spräche nichts dagegen, sich um die drei Jugendlichen zu kümmern, die so fröhlich miteinander flachsten und den Grabstein der Hexe fotografierten. Es dauerte tatsächlich nicht mehr lange, bis die Teenager wieder aufbrachen. Nachdem sie von der Lichtung verschwunden waren, zählte er noch bis zwanzig, dann schlich er selbst auf die Stelle zu, der ihre Aufmerksamkeit gegolten hatte.

»Es existiert wirklich«, flüsterte er in die Dunkelheit. »Das Hexengrab. Dann wollen wir mal sehen, ob ich der Dorethe Wagner guten Abend sagen kann.«

Seine Finger fuhren über den rauen Stein. Anschließend fegte er Laub und Ästchen zur Seite. Mit bloßen Fingern versuchte er, ob es sich lohnen würde, zu graben. Zu gerne hätte er einen menschlichen Schädel zu Hause auf der Anrichte stehen. Einen Hexenschädel, korrigierte er sich gedanklich. Einen von der üppigen Auswahl in der Höhle zu entwenden, schien ihm nicht nur respektlos: Sie waren für ihn nicht besonders genug. Er wollte den Totenkopf einer vermeintlichen Hexe seinen Besitz nennen.

Missmutig stellte er fest, dass er mehr Erde unter die Fingernägel bekam, als er beiseiteschaffen konnte. Der Boden war fest, vielleicht von Wurzeln durchzogen, oder die Hexe wollte ihn nicht an sich heranlassen.

Einer seiner Mundwinkel hob sich zu einem schiefen Lächeln. Er würde zurückkommen. Und wenn es das nächste Mal die ganze Nacht dauern würde, bis er die Stelle wiederfand. Er würde seinen Spaten tief ins Erdreich stoßen, Wurzeln und vielleicht auch Würmer zerteilen und ausgraben, was es auszugraben gab. Ohne Trophäe, ohne Andenken würde er das Hexengrab nicht verlassen. Er ging nicht davon aus, dass das Grab mit einer Metallplatte oder Ähnlichem vor Grabräubern wie ihm geschützt war.

Ein bisschen überraschte ihn seine nekrophile Seite selbst. Aber statt nur auf Menschenjagd zu gehen, wäre es äußerst praktisch, wenn ihm auch die Leichenjagd auf Friedhöfen eine solche Befriedung verschaffte wie das Morden. Er war offen für Neues und mochte es, neue Wesenszüge an sich zu erforschen.

Starker Wind blies über die Lichtung und Eiseskälte drang ihm bis in die Knochen.

»Interessant«, murmelte er und schaute sich skeptisch um.

NEUN.

Das Hexengrab

Elias

Kurz zuvor

»Sieht ja nicht so aus, als würden wir dieses bescheuerte Grab noch finden«, grummelte Flo.

Jule blieb vor ihnen stehen, klemmte sich die Taschenlampe unter die Achsel und steckte ihre Hände in die Jackentaschen. »Es muss hier irgendwo sein. Macht doch viel mehr Spaß, ein Hexengrab und den Schauplatz von Morden zu suchen, als das trillionste Cache.«

Elias stimmte dem zwar irgendwie zu, äußerte es jedoch nicht. Er hatte längst genug davon. Seit sie an der Tankstelle gewesen und wieder tiefer in den Wald vorgedrungen waren, wirkte es für ihn, als laure ihnen etwas in der Dunkelheit auf. Oder vielmehr, als wäre es die Dunkelheit selbst, die auf den richtigen Moment wartete: Und dann würde irgendetwas geschehen, das den Rest seines Lebens beeinflusste. Elias fror, er fühlte sich unwohl und irgendwie ausgeschlossen von seinen Freunden, die munter plauderten und gar nicht mitbekamen, dass er bestimmt seit zehn Minuten kein Wort mehr gesagt hatte. Kurz: Für ihn war der Spaß flöten gegangen.

Flo leuchtete Elias ins Gesicht. »Noch da, Alter? Oder bist du schon vom Geist der bösen Hexe besessen?«

»Wir sollten umkehren. Diese Hexennummer bringt doch nichts. Mir frieren die Eier ab, bevor ihr dieses dumme Grab gefunden habt.«

»Keine Sorge«, sagte Jule, »deine Eier können aufatmen, denn da ist das Grab. Schaut doch. Da, die kleine Lichtung. Bestimmt ist das der richtige Ort.«

Elias folgte dem Strahl von Jules Taschenlampe. Sie traten auf die Lichtung, über deren Gras eine feine Nebelschicht waberte, als wäre sie hier gefangen. Jule brauchte nicht lange zu suchen, dann hielt sie ihre Leuchte auf einen kleinen würfelförmigen Steinklotz direkt vor einem Baum und fast verdeckt vom Gestrüpp. Flo und Jule liefen beschwingten Schritts darauf zu, während Elias noch zögerte. Er schüttelte den Kopf über seine Freunde und trat schließlich doch neben sie.

Jule legte ihre Taschenlampe ins Gras, ging in die Hocke und streckte ihre Hand nach dem Stein aus. »Keine grünen Funken, kein Blut.«

»Fass das lieber nicht an«, riet Flo.

»Denkst du, sonst bin ich verflucht?«

Die Freunde lachten halbherzig.

Elias sagte: »Da glaube ich eher, dass die Hexe aufersteht und dir fuchsteufelswild in den Hintern tritt. Was steht da überhaupt drauf? Könnt ihr das lesen?«

»Würde deiner Meinung nach das Skelett der Hexe herumlaufen oder wäre sie noch aus Fleisch und Blut?«, fragte Flo und ließ seine Stimme nach wissenschaftlicher Neugier klingen.

»Vielleicht gammeliges, verwesendes Leichenfleisch«, schlug Jule vor. »Keine Ahnung, was da draufstehen soll. Am wahrscheinlichsten wäre wohl Dorethe Wagner. Haben es Grabsteine nicht so an sich, dass da Namen drauf stehen? Aber so verwittert, wie die Buchstaben sind, könnte auch ›Verpiss dich!‹ draufstehen. Oder ein Bann, der sie in ihrem Grab hält.« Endlich berührte Jule mit den Fingerkuppen den Stein. »Aber hey: Der ist warm.« Elias fand, dass die Verblüffung in der Stimme seiner Freundin echt klang. »Ohne Quatsch, fasst das an.«

Flo trat vor den Stein, bückte sich und sagte einen Moment, nachdem er seine Hand auf den Stein gelegt hatte: »Verdammt, du hast recht! Elias, fass mal an!«

»Ihr wollt mich doch verarschen«, sagte Elias. Er tat seinen verrückten Freunden jedoch den Gefallen und ging vor dem Stein in die Hocke. »›Fass mal an.‹ Ich wüsste nicht, dass jemals was Gutes passiert ist, wenn man von einem anderen Typen aufgefordert wird, was anzufassen.« Er hatte keine andere Wahl, sonst müsste er sich die nächsten Tage allerhand Sprüche gefallen lassen. Kurz hatte er das Gefühl, das Gleichgewicht zu verlieren, und gedanklich sah er sich schon auf den Grabstein fallen. Er würde sich schmerzlich in seine Brust bohren und dann? Er würde das Zeichen des Hexengrabs tragen und die Tote darunter würde ihn heimsuchen.

Elias atmete aus und streckte seine Hand nach dem Grabstein aus. Ist nur ein Stein, dachte er in Dauerschleife. Der Stein fühlte sich wie ein ganz normaler Stein an. Möglicherweise war er ein wenig wärmer, als er es hätte sein sollen, aber das führte Elias auf die vorherigen Berührungen seiner Freunde zurück. Er richtete sich auf und zuckte mit den Schultern. »Also, ich merke da nichts Ungewöhnliches.«

Jule wirkte ein bisschen aufgebracht und stieß Elias gegen die Schulter. »Du würdest es nicht merken, würde die Hexe dir in den Nacken spucken. ›Fängt wohl an zu regnen‹, würdest du sagen. Alter, der Stein ist warm. Checkst du das nicht?«

»Ja, von euren Händen.«

Flo verzog das Gesicht. »Da müssten wir schon glühen, dass wir so eine Wärme in der kurzen Zeit hinterlassen. Kein Schimmer, warum, aber das Ding ist warm.«

»Wie auch immer. Jetzt waren wir am Hexengrab. Inklusive warmem Grabstein. Habt ihr endlich genug?« Elias zog sein Handy hervor und prüfte die Uhrzeit. Anschließend konnte er Flo ansehen, dass er kurz davor war, zu fragen, welchen wichtigen Termin Elias denn noch hatte oder ob er vor Furcht so eilig von hier wegkommen wollte.

»Habt ihr das gehört?«, fragte Jule und schaute sich über die Schulter.

Flo lachte. »Ja, klar.«

Jule spähte noch in die andere Richtung, ehe sie sich wieder dem Stein zuwandte.

Beide ließen ihre Finger nochmals über die raue Oberfläche des Steins gleiten, während sich Elias seine Finger verstohlen am Hosenbein abwischte. »Weißt du, wenn wir eine Beschwörungszutat hätten, dann wäre das echt lustig.« Jule riss ein Blatt vom nächsten Gebüsch ab und ließ es anschließend enttäuscht fallen.

Flo fragte: »Willst du hier ein satanisches Ritual abhalten? Da brauchst du mehr als eine Zutat, denke ich. Haben die nicht richtige Rezepte?«

Jule ging erneut vor dem Stein in die Hocke und fotografierte ihn aus allen Blickwinkeln. Der Blitz stach Elias ins Auge und blendete für einen Moment. Hastig blinzelte er die Flecken aus seinem Sichtfeld weg und wandte sich von Jule ab. Es war ihm wichtiger als sonst, dass er etwas in der Dunkelheit erkennen konnte. Die Mediensperre schien Jule egal zu sein, wenn es um ihren Instagram-Account ging. Als sie fertig war, erhob sie sich und lief einige Schritte voraus. »Kommt schon, Leute, wir haben das Ding gefunden und jetzt ist auch gut.«

Elias fragte: »Hast du genug Material für Hashtag Hexengrab?«

»Nicht so viel wie für Hashtag Elias nervt gewaltig«, meinte Flo.

»Wir könnten checken, ob das Taxi noch steht«, schlug Jule vor, stand auf und drehte sich für den Rückweg um, als hätte sie den Grabstein völlig vergessen.

»Bye, bye, Hexe«, murmelte Flo und folgte Jule.

Elias hätte erleichtert sein sollen, aber es fühlte sich für ihn an, als würden tausend Augen ihn beobachten. Als wären es erzürnte Blicke, die ihnen von der Lichtung hinunter zwischen die Bäume folgten. Als wäre irgendetwas im dunklen Wald wütend, nicht länger ihre Aufmerksamkeit zu besitzen. Alter, was redest du dir da für einen Scheiß ein? Bleib mal locker.

»Tanke oder Cache?«, fragte Jule.

Flo sagte: »Ich habe heute keine Lust mehr auf Schatzsuche. Lasst uns noch mal die Tankstelle genauer anschauen.«

Auf dem Rückweg kam es Elias vor, als streckten die Bäume, die am Grab standen, ihre Wurzeln aus, um ihn an sich zu fesseln. Je weiter er sich entfernte, desto mehr hatte er das Bedürfnis, loszurennen, bevor er für immer verloren wäre.

Als sie die Landstraße überquerten, stellte Elias fest, dass auch hier ein wenig Nebel aufgezogen war, der den weiteren Straßenverlauf mit weißem Dunst verhüllte. Im Wald selbst war davon nichts zu bemerken und auch die Tankstelle war zu nah, als dass er die Feuchtigkeit in der Luft schon hätte erkennen können. Der Nebel kriecht näher, dachte er und wünschte, er wäre schon zu Hause und läge mit einem Comic im Bett. Gleichzeitig wurde ihm klar, dass er dringend einen Gang herunterschalten musste. Es brachte nichts, sich in etwas hineinzusteigern, das nur in seinem Kopf existierte. Daher konzentrierte er sich auf seine Schuhe, auf die Riemen seines Rucksacks, die über seinen Schultern lagen, und auf seine Atmung.

Zuerst hörte Elias ein leises Brummen, dann spürte er, der als letzter der drei noch auf der Straße stand, die Vibrationen. »Da kommt ein Auto, Leute.« Was eine Feststellung hätte sein sollen, kam als Warnung aus seinem Mund.

Jule blieb zuerst wie angewurzelt stehen und sprintete dann zum nächsten Gestrüpp. »Versteckt euch!«, rief sie Flo und Elias zu. »Und Taschenlampen aus!«

Während Flo sie musterte, als wäre sie verrückt geworden, setzte sich Elias ebenfalls in Bewegung und hastete zu Jule. Er sprang neben ihr ins Gebüsch. Ästchen kratzten über seine Wangen und Hände, aber er verbarg sich und drehte sich so, dass er zu Flo schauen konnte.

»Die Polizei!«, wisperte Jule, als hätten ihre Freunde das nicht selbst feststellen können und als wäre es eine Hiobsbotschaft.

Flo schüttelte den Kopf und trabte zu ihnen. Er hatte sich gerade neben ihnen im Gestrüpp verborgen, als ein schmächtiges Reh auf die Straße sprang.

»Reh! Reh! Reh!«, rief Jule noch und erhob sich, als das Auto vorbeifuhr und sich dem von den Scheinwerfern paralysierten Reh näherte. Erst im allerletzten Moment stieg der Fahrer auf die Bremse, aber das Polizeiauto erfasste das junge Tier und überfuhr es. Erneut leuchteten die Bremslichter kurz auf, aber das Auto wurde kaum langsamer. Sie fuhren einfach weiter.

Mit aufgeklapptem Mund schaute Jule ihnen hinterher.

Die Polizei hatte ganz offensichtlich nicht vor, wegen des überfahrenen Tiers anzuhalten. Auch als sie am Taxi vorbeikamen, drosselten sie ihre Geschwindigkeit nicht, um der Sache auf den Grund zu gehen.

Flo sprach aus, was Elias verwunderte: »Adios, Reh Nummer zwei. Immerhin ist hier eindeutig, wer es ›gerissen‹ hat. Sollten die Cops die Sache nicht prüfen, wenn da ein verlassenes Taxi an einer noch verlasseneren Tankstelle herumsteht?«

»Vielleicht sind die wohin gerufen worden und haben schon einen Einsatz«, sagte Jule und schnaubte wütend. »Oder sie sind auf der Suche nach der nächsten verdammten Fuhre Kaffee und Donuts, so wie in den Filmen. Dass die nicht mal nach dem Reh gesehen haben! Ich kann es nicht fassen. Muss so was nicht gemeldet werden oder juckt es die einen Scheißdreck?«

Die drei stiegen aus dem Gebüsch und klopften sich Zweige und Blätter aus der Kleidung und aus den Haaren. Elias meinte, dass es überall an ihm krabbelte, als säßen hundert Spinnen unter seinen Klamotten. Er schüttelte sich einmal und nahm sich vor, dieses Hirngespinst zu ignorieren, bis er es vergessen hätte. Bestimmt krabbelte das eine oder andere Insekt auf ihm herum. Mehr als unangenehm kitzelig fand er das nicht, wo er noch vor ein paar Jahren alle möglichen Krabbeltiere durch den Garten getragen hatte. »Oder das Taxi steht schon länger da und sie wissen längst davon. Vielleicht haben sie das schon vor Tagen geprüft und es muss nur noch abgeschleppt werden.«

Dann fiel Elias ein, was an seiner Vermutung nicht passte. »Aber die Motorhaube war warm.«

Flo schüttelte seinen Fuß, als erwartete er, dass aus seinem Hosenbein eine Schlange rutschen würde. »Alter, warum bist du wie bekloppt ins Gebüsch gesprungen?«, fragte er Jule.

»Impuls. Wenn die uns entdeckt hätten, dann hätten die bestimmt angehalten und nervige Fragen gestellt. Jetzt lasst uns endlich nach dem Reh schauen.«

Nebeneinander näherten sie sich der Straße. Elias hoffte, das Reh würde nicht noch leben und leiden. Je näher sie kamen, desto unförmiger wirkte das Tier.

Jule beugte sich hinunter und betrachtete es für beinahe eine halbe Minute ganz genau. »Matsch. Dem ist nicht mehr zu helfen.« Die Erleichterung in ihrer Stimme konnte Elias gut nachvollziehen. Er wollte sich gar nicht vorstellen, einen Stein zu suchen, um dem armen Tier den Schädel einzuschlagen und es von seinem Leid zu erlösen. Ob er das gebracht hätte, wollte er nicht herausfinden müssen.

»Roadkill«, sagte Flo und die vorgebliche Coolness in seiner Stimme täuschte nicht darüber hinweg, dass es ihn traf, dass das Reh gestorben war.

»Die Polizei, dein Freund und Killer«, sagte Jule verbittert. »Und dann fahren sie schlicht weiter, als wäre nichts gewesen.«

»Das Reh ist echt klein, kein Wunder, dass sie es nicht rechtzeitig gesehen haben«, gab Elias zu bedenken. Jule schaute ihn an, als würde sie ihn ebenfalls überfahren, falls er sich noch einmal nah genug an ihr Auto heranwagte. Kleinlaut schob er nach: »Aber anhalten hätten die natürlich trotzdem müssen.«

Die drei liefen zurück zum Straßenrand, wo Jule erneut stehen blieb und über ihre Schulter zum Reh schaute. »Sollen wir es nicht an den Rand ziehen?«

»Magst du es anfassen?«, fragte Flo.

»Eher nicht«, gab Jule zu.

Elias rang mit sich, ob er es von der Straße schaffen sollte, damit es nicht erneut überfahren und zu Fellmatsch verarbeitet werden würde. Aber hier draußen war nicht viel los und er wollte nicht den Rest des Abends mit vom Blut klebrigen Händen herumlaufen. Die Frage, ob er deswegen ein schlechter Mensch war, kreuzte seine Gedanken, bis Jules Ausruf ihn unterbrach.

Eine Krähe war auf der Straße gelandet und saß einen Meter vom toten Reh entfernt.

»Wag es nicht!«, wiederholte Jule mehrfach und in immer böserem Ton. Dazu schwenkte sie die Arme, wodurch sie Elias an eine zum Leben erwachte Vogelscheuche erinnerte.

Die Krähe gab nicht viel auf die verrückte Menschenfrau am Straßenrand und hopste zum Kadaver. Ihren Kopf bewegte sie hin und her, als suchte sie die köstlichste Stelle zum Anpicken.

Jule rief: »Nein! Aus! Böse Krähe!«

Flo verschränkte die Arme vor dem Bauch. »Das Reh ist tot. Willst du jetzt, dass die Krähe Diät macht? Vielleicht verhungert sie, wenn sie sich jetzt den Bauch nicht vollschlägt. Dann kann sie nicht für ihre Jungen sorgen und die verhungern ebenfalls. Mutterseelenallein, einsam im Nest, ohne zu wissen, wie ihnen geschieht.«

»Flo, du bist echt Scheiße.« Jule seufzte, während die Krähe das letzte Stück flatterte und sich auf dem Kopf des Rehs niederließ. Ohne zu zögern, versenkte sie ihren Schnabel in der Augenhöhle des toten Tiers und riss den Augapfel heraus, den sie anscheinend zufrieden und gut gelaunt verspeiste.

»Die Natur ist scheiße«, rechtfertigte Flo seine Worte und tat anschließend die gesamte Situation mit einem Schulterzucken ab.

»Lasst uns einfach gehen«, forderte Jule und drehte sich um.

Sie näherten sich der Tankstelle und Flo sagte: »Jule, jetzt nimm mal deinen ganzen Gehirnschleim zusammen und sag mir, was du hier vorhast, bevor wir wieder zu deinem Auto gehen und heimfahren.«

»Du wolltest doch selbst herkommen«, sagte Jule und nahm einen Zapfhahn aus der Halterung, dessen Schlauch abgerissen war und von dem nur noch zwanzig Zentimeter herunterhingen.

Elias fand es normalerweise lustig, wie die beiden sich ständig neckten, jetzt gerade machte es ihn jedoch verrückt. »Ihr geht mir echt auf den Wecker, jetzt hört endlich auf mit dem Mist.«

Flo hob die Hände, als würde er sich ergeben und verzog das Gesicht zu einem engelsgleichen Ausdruck, als wäre er die zu Unrecht bezichtigte Unschuld.

»Nur ein bisschen Schabernack«, murmelte Jule vor sich hin und Elias entfuhr ein Lachen, weil das Wort aus Jules Mund so absurd klang. Er atmete tief ein und beschloss, die Ruhe zu bewahren.

»Ich würde schon gerne da reingehen«, sagte Flo. »Vielleicht ist ja hinten raus eine Tür offen, probieren könnten wir es auf jeden Fall. Ansonsten suchen wir einen großen Stein …«

Die beiden folgten Flo am Taxi vorbei, die Wand mit den Graffiti entlang bis zur Tür an der Rückseite des Gebäudes.

Ehe sie sich daranmachen konnten, die Tür zu öffnen, stieß Flo einen Fluch aus.

»Was ist denn jetzt?«, fragte Jule und musterte sehnsüchtig die Tür.

»Mein Handy ist weg. Bestimmt hab ich es im Gebüsch verloren, als ihr zwei Crashtest-Dummys euch vor der Polizei verstecken musstet.«

Elias richtete den Strahl seiner Taschenlampe auf Flo, der weiterhin hektisch seine Hosentaschen abklopfte. »Hast du es vielleicht in deine Jacke eingesteckt? Oder in den Rucksack?«

»Das mache ich nie«, murmelte Flo, steckte aber seine Finger trotzdem in alle Taschen, die seine Jacke hatte. Anschließend nahm er den Rucksack von den Schultern.

Jule sagte: »Mach mal hin.«

Im vordersten Rucksackfach fand Flo sein Handy. Er zuckte mit den Schultern. »Ich hätte eine Stange Geld dagegen gewettet. Kann mich nicht erinnern, dass ich es da reingesteckt habe.«

»Vielleicht zum Schutz vor dem Nebel?«, fragte Elias.

»Hauptsache, du hast es nicht wirklich verloren«, stellte Jule fest. »Können wir jetzt endlich da rein?«

»Das haben wir deine Mutter auch gefragt«, sagte Flo, stieß Elias mit dem Ellenbogen in die Rippen und wackelte mit den Augenbrauen.

Jule verdrehte lediglich die Augen.

Elias hörte seinen Freunden nicht mehr zu, sondern konzentrierte sich auf das Gebüsch. Er hatte nichts gehört, glaubte aber, dass sich ein Schatten darin bewegt hatte. Jetzt, wo er genau hinsah, konnte er aber nichts Ungewöhnliches sehen. Das Hexengrab und die beiden Rehkadaver hatten ihn nervös gemacht, beschloss er. Immerhin war hier oben bei der Tankstelle weniger Nebel und hüllte sie nicht zusätzlich ein. Er nahm sich vor, sich nicht mehr um irgendwelche Schatten oder Geräusche zu kümmern.

Schließlich stellten sich die Freunde endlich vor der Hintertür der Tankstelle auf wie drei Räuber, die vor einem Tresor standen. Flo ruckelte ein wenig an der Tür herum, bis sie tatsächlich aufsprang. »Hat bloß geklemmt. Findet ihr das auch seltsam?«

Flo bekam lediglich ein Schulterzucken zur Antwort und zog die Tür daraufhin langsam auf, bis ihm Jule auf die Schulter klopfte, um ihn zu stoppen. Den Zeigefinger der anderen Hand legte sie an ihre Lippen und machte die universelle Schweigegeste.

»Hast du das Geräusch auch gehört?«, fragte Elias.

»Da reden Leute«, gab sie kaum hörbar zurück. »Nicht in der Tanke, sondern dort vorne bei den Zapfsäulen, schätze ich.«

Zwar war das nicht das knackende Geräusch, das Elias gemeint hatte, aber nun nahm auch er die Stimmen wahr. »Wer könnte das sein? Und woher sind die gekommen, wir waren ja gerade eben selbst noch da. Wäre doof, wenn die uns erwischen. Stellt euch vor, da ist so ein Hilfssheriff dabei: einer, der seine Nachbarn aus Langweile wegen nichts anzeigt. Lasst uns schauen, wer da ist. Sobald die weg sind, gehen wir rein, okay?«

Seine Freunde nickten zu seinem Vorschlag und Flo lehnte die Tür an, sodass ein minimaler Spalt blieb. »Nicht, dass sie nachher so dermaßen klemmt, dass sie nicht mehr aufgeht«, flüsterte er mehr zu sich als zu seinen Freunden.

Sie schlichen übertrieben vorsichtig um die Tankstelle herum. Zuerst spähten sie um die Ecke, aber dann weckten die Menschen, die sich dort versammelt hatten, ihre Neugierde.

»Was ist denn bei denen los?«, fragte Jule. »Der eine zieht das Reh von der Straße«, kommentierte sie, ohne auf eine Antwort der beiden zu warten. »Der ist bestimmt ein Förster. Trägt sogar den passenden Hut.«

Elias murmelte: »Der eine ist der Mann von vorhin.«

»Stimmt«, sagte Flo. »Die wirken irgendwie unruhig. Da ist was im Busch.«

»Und ich will wissen, was.« Jule trat hinter der Tankstelle hervor.

Elias und Flo folgten ihr.

ZEHN.

Taxischlüssel

Sybille

Fast wäre Sibylle ein lauter Fluch aus dem Mund geschlüpft, als sie die drei Jugendlichen an der Tür an der Rückseite der Tankstelle beobachtete. Ihr gesamter Plan drohte zu scheitern. Es könnte übel für sie ausgehen, wenn diese pickeligen Halbwüchsigen reingingen und fänden, was sie vermeintlich gut versteckt hatte.

Ihr waren die Nerven durchgegangen, als sie vor etwas über einer Stunde aus der Tankstelle gerannt war und versuchen wollte, zu Fuß nach Hause zu gelangen. Die Strecke hatte sie unterschätzt. Natürlich wäre es auffällig, wenn sie das Taxi nehmen würde, aber wenigstens die Schlüssel hätte sie direkt mitnehmen können. Sie war sich fast sicher, dass der Fahrer sie eingesteckt hatte, aber jetzt konnte sie nicht mehr nachsehen. Nun konnte sie weder das Taxi durchsuchen, weil sich vorne irgendwelche Leute herumtrieben, noch zum Taxifahrer gehen, weil ihr dafür diese vorlauten Halbwüchsigen im Weg waren. Sie hielt die Entscheidung, ihn in der Tankstelle gelassen zu haben, nach wie vor für die richtige. Im Wald wäre er viel eher gefunden worden. Ob von Wildtieren zur Straße gezerrt oder von Spaziergängern aufgestöbert. Im Gebäude war er fürs Erste besser versteckt, bis sie sich in Ruhe um ihn kümmern konnte, falls sie das später überhaupt noch wollte.

Ständig bringst du dich in so beschissene Situationen. Denk nach. Denk einfach mal mehr nach. Sie schlug sich mit den Fäusten von beiden Seiten gegen ihre Schläfen, bis sie kleine schwarze Punkte tanzen sah. Ruhig jetzt. Beruhige dich, du bekommst das gelöst.

Sie nahm einen Zweig vom Boden auf und zerbrach ihn. Was vermeintlich die Jungen und das Mädchen hätte aufschrecken oder gar vertreiben sollen, bewirkte überhaupt nichts. Die drei nahmen das viel zu leise Geräusch gar nicht wahr. Sibylle wog schon einen Stein in den Händen, den sie nach den Jugendlichen werfen wollte, bevor sie sich dann hastig weiter ins Gebüsch zurückziehen würde, um nicht entdeckt zu werden. Aber die drei hielten schon von ganz alleine inne, flüsterten miteinander und schlossen anschließend vorsichtig die Tür.

Fürs Erste konnte Sibylle durchatmen. Statt den Stein fallen zu lassen, schob sie ihn sich in die Hosentasche. Er hatte eine nette Spitze, die vielleicht ihre Jeans ruinieren oder ausbeulen würde, aber wer wusste schon, wozu er noch gut sein mochte. Die zwei Jungen und das Mädchen traten zur Ecke, erspähten die Leute vor der Tankstelle und verschwanden dann aus Sibylles Sichtfeld. Wäre es klüger, sich verborgen zu halten, oder wäre es nicht doch nützlicher, sich ihnen anzuschließen? Ungesehen würde sie nicht ans Taxi herankommen.

Sie schlich zur Ecke der Tankstellenwand, an der soeben noch die Halbwüchsigen gestanden hatten, und wich überrascht zurück. Mit so vielen Menschen hatte sie nicht gerechnet. Den dämlichen Busfahrer und den nervigen Förster hatte sie bereits beobachtet und belauscht, aber was suchte das junge Paar dort? Obwohl sie es als riskanter einstufte, sich ihnen zu zeigen, entschied sie sich doch dafür, zu diesen Leuten hinzugehen. So wüsste sie nicht nur, was bei ihnen los war, sondern konnte auch Einfluss auf sie nehmen. Zumindest hoffte sie das.

Sibylle fuhr mit den Handflächen ihre Oberschenkel hinauf und hinab, bis sie nicht mehr so feucht von ihrem Schweiß waren. Sie fuhr sich über die Haare und rieb sich mit den Zeigefingern mögliche Mascaraklümpchen unter den Augen weg.

Vorsorglich übte sie ein erleichtertes Gesicht. Dann fiel ihr ein, dass sie die Tür besser noch schließen würde, die der eine Junge nur angelehnt hatte. Außerdem wollte sie auf der anderen Tankstellenseite um die Ecke laufen als die Jugendlichen vor ihr.

Sie drückte die Tür so fest wie möglich zu und hoffte, dass sie irgendwie einrastete, um ihr Geheimnis länger zu verbergen. In dieser Nacht sollte es noch nicht enthüllt werden. Dann lief sie um die Tankstelle herum. Zuerst entdeckte sie die Motorhaube des Taxis, mit dem ihr unerwünschter Waldausflug seinen Anfang genommen hatte. Die Krönung eines beschissenen Tages. Sie seufzte kurz auf und gesellte sich dann zu den anderen.

Sie platzte mitten ins Gespräch hinein und sagte: »Was für ein Glück, dass ich nicht länger alleine bin. Ich dachte schon, ich hätte mich verlaufen. Haben Sie einen Taxifahrer gesehen? Der Mann ist komplett verrückt, er wollte mich … jedenfalls bin ich ihm entkommen und er hat mich nicht gefunden. Er ist gefährlich. Wenn Sie ihm begegnen, müssen Sie aufpassen.« Sibylle lehnte sich vornüber und hielt sich den Bauch. Den anderen die Gebrechliche, Verletzte vorzuspielen könnte nicht schaden, davon war sie überzeugt.

Sofort kam die junge Frau auf sie zu und legte ihr eine Hand auf den Rücken zwischen die Schulterblätter. »Brauchen Sie Hilfe? Geht es Ihnen gut?«

»Danke«, presste Sibylle zwischen ihren Lippen hervor. Nicht übertreiben, mahnte sie sich. »Mir ist nichts passiert. Zum Glück. Aber ich bin so froh, nicht mehr allein im Wald herumzuirren.«

»Das kann ich mir vorstellen«, sagte die junge Frau. »Wohnen Sie hier in der Nähe?«

»Zumindest nicht sehr weit weg.«

Der Förster trat auf Sibylles andere Seite. »Vielleicht kann ich Sie ja nach Hause bringen?«

Schniefen? Nein, besser nicht. »Danke, das wäre ganz wunderbar von Ihnen.« Aber dann weiß er, wo ich wohne. So kann herausgefunden werden, wer ich bin. »Ich möchte Ihnen nicht zur Last fallen. Vielleicht kann ich mich ja abholen lassen.«

Sie hob den Kopf und als ihr Blick dem des Busfahrers begegnete, kniff er zunächst die Augen zusammen und bekam anschließend einen roten Kopf. Mit geballten Fäusten brüllte er: »Ja, seht ihr das denn alle nicht? Die Frau ist böse! Sie hat mich niedergeschlagen!« Er streckte seine Hände aus, als wollte er sie erwürgen, und trat zwei Schritte auf sie zu.

Sibylle suchte Schutz hinter dem Förster, der zusammen mit dem Freund der jungen Frau den Busfahrer festhielt. Die drei Halbwüchsigen standen einen Meter abseits und beobachteten alles still, aber aufmerksam. Immerhin hielten sie nicht die Kamera ihrer Smartphones auf sie gerichtet, das wäre sonst das nächste große Problem. Würde ein Video oder Bild ihren Aufenthalt hier bestätigen, wusste sie nicht, wie sie damit umgehen konnte. Wie sie sich dann noch von aller Schuld reinwaschen sollte.

Jetzt vielleicht wimmern?, fragte sich Sibylle. »Was hat der Mann? Was ist mit ihm los? Was ist heute nur mit allen los?«, rief sie mit schriller Stimme.

Die Halbwüchsigen fingen an, miteinander zu tuscheln.

Hans sagte: »Egon, ganz ruhig. Ich glaub, du bist ein bisschen verwirrt. Dein Kopf hat gut was abbekommen. Die Frau hat selbst eine schlimme Zeit hinter sich. Ganz ruhig.«

Egon bäumte sich noch mal auf und leistete Widerstand, aber er kam gegen die beiden Männer, die ihn festhielten, nicht an. »Mir geht es längst wieder gut. Wenn ich die da in die Finger krieg! Ich vergesse mich, ich sag es euch. Wenn ich die in die Finger krieg, dann weiß sie anschließend nimmer, wie sie heißt, das Miststück.« Egons Brustkorb hob und senkte sich rapide und seine geballten Fäuste zitterten.

Der Förster sagte: »Lars, hilfst du mir? Wir bringen ihn besser weg. Aber ich will ihn nicht in mein Auto setzen, nicht dass er da noch was kaputt macht in seiner Wut.«

»Was dann?«, fragte Lars und half dem Förster, Egon wegzuführen, der nur noch halbherzig gegen sie ankämpfte.

Sibylle fasste sich an den Hals. Sie wollte erschüttert wirken. »Was ist denn nur heute mit allen los?«, wiederholte sie ihre Frage. »Ich bin übrigens Sibylle.« Einen Moment lang war sie über sich selbst verärgert, dass sie ihren richtigen Namen genannt hatte. Sie konzentrierte sich darauf, dass ihr Gesicht davon nichts verriet, und dachte, dass das bestimmt nicht weiter schlimm war. Es gab unzählige Menschen, die Sibylle hießen.

»Mira«, stellte sich die junge Frau nun ebenfalls vor. »Ich weiß auch nicht. Wir haben den Busfahrer verletzt gefunden. Hast du denn jemand anderen hier im Wald gesehen? Egon meint, er hatte noch ein paar Fahrgäste dabei, die ihm abhandengekommen sind nach einer Bus-Panne.« Mira wandte sich an die Jugendlichen. »Oder habt ihr noch jemanden im Wald getroffen?«

Sibylle verkniff sich im letzten Moment das Lächeln, zu dem sich ihre Mundwinkel fast hinaufgeschlichen hätten. »Der Taxifahrer, der mich angegriffen hat. Bestimmt hat der seine Wut, dass ich ihm entkommen bin, an dem armen Mann ausgelassen.« Sibylle wusste jedoch, dass der Taxifahrer niemanden mehr anrühren würde. Dafür hatte sie gesorgt. Aber sie fand auch, dass es nicht von Nachteil war, wenn die anderen sich fürchteten.

Einer der beiden Jungs sagte: »Wir haben niemanden getroffen.«

»Ich geh kurz Lars und Hans vor dem Taxifahrer warnen, der noch unterwegs ist.« Mira lief los und verschwand hinter der Tankstelle.

Sibylle sah den Halbwüchsigen an, dass es ihnen unangenehm war, mit ihr allein gelassen worden zu sein. Aus Neugierde, nicht um ihnen die Situation zu erleichtern, fragte sie: »Was macht ihr eigentlich hier im Wald? Ich hätte nicht gedacht, dass hier zu der Zeit so viel los wäre.«

Elias nannte kurz die Namen von allen dreien, dann sagte er: »Unser Hobby ist Geocaching. Deswegen waren wir hier unterwegs.«

»Nachts, im Wald?«

Jule sagte: »Ja, das macht es spannender. Und im Herbst wird es irgendwann eh so früh dunkel, dass wir auch direkt eine Nachtaktion daraus machen konnten.« Ihre Freunde nickten.

Mira kam zurück, ein wenig blass um die Nase, gefolgt von Lars und Hans.

»Wo ist denn der andere?«, wollte Sibylle wissen. Sie merkte, dass ihre Stimme zu forsch geklungen hatte, und versuchte das abzumildern. »Ich habe Angst, dass er mir doch noch etwas tun könnte. Er wirkte so komplett durchgeknallt.«

»Keine Sorge, der ruht sich aus«, sagte der Förster. Aus den Augenwinkeln nahm sie wahr, wie Mira leicht den Kopf schüttelte und Lars ihre Hand nahm. »Weißt du denn, wo der Taxifahrer geblieben ist?«

»Nein, ich habe keine Ahnung. Aber wir sind so viele, da kann er uns doch nichts tun, oder?« Ich hätte Schauspielerin werden können.

»Bestimmt nicht«, sagte Mira.

Lars sagte: »Zu seinem Taxi wird er früher oder später zurückkehren. Oder er ist längst da und beobachtet uns.«

Sibylle begann, Gefallen an dieser Nacht zu finden.

ELF.

Todbringende Entdeckungen

Lars

»Und nun zu euch«, sagte Hans zu den Jugendlichen. »Was macht ihr so spät noch im Wald? Ihr solltet nach Hause gehen. Eigentlich solltet ihr schon zu Hause sein.«

Jule plusterte die Backen auf. »Was? Wir sind volljährig und müssen eben nicht um Punkt acht im Bettchen liegen. Den Spaß lassen wir uns bestimmt nicht entgehen.«

»Es sind genug Erwachsene da, die sich um alles kümmern. Es könnte gefährlich sein, fahrt besser heim.«

Jule verschränkte die Arme vor der Brust. Lars konnte ihre Empörung gut nachvollziehen. Vor nicht mal zehn Jahren war er in derselben Situation gewesen: alt genug, um sich erwachsen zu fühlen, aber noch so jung, dass das von den Erwachsenen nicht anerkannt wurde. Jule hatte bemerkt, dass ihr Verhalten dem eines Kleinkinds entsprach, und ließ die Hände an den Seiten herabfallen. »No way. Wir bleiben hier und machen uns nützlich.« Ihre beiden Freunde nickten und wirkten dazu bereit, dem Förster die Stirn zu bieten.

»Na, hört mal, ich meine es nur gut mit euch.« Hans kratzte sich am Kinn, offenbar unschlüssig, wie er mit dem Mädchen und den beiden Jungen umgehen sollte.

Bevor Hans sich blamieren konnte und ein Machtwort sprechen würde, das doch keiner befolgte, sagte Lars: »Ich denke, dass es dumm wäre, auf ihre Hilfe zu verzichten. Sie machen doch den Eindruck, alt genug zu sein, um heute Abend mitzuhelfen, hier wieder alles zu sortieren. Dann kommen wir alle schneller nach Hause.«

Mira zog überrascht die Augenbrauen hoch.

»Und raus aus der Kälte«, sagte Sibylle und schlang die Arme um sich.

Leise raunte Lars Mira zu: »Denen wird bestimmt bald langweilig und sie gehen von allein heim, um noch 'ne Runde zu zocken oder ein Bier zu trinken oder einem Lehrer daheim die Pflanzen im Vorgarten mit Klopapier vollzuhängen. Was weiß ich.«

»Ja, vielleicht. Aber Lars, willst du nicht auch so langsam weiterfahren? Findest du nicht, wir sind da in etwas reingeraten, das uns nichts angeht?«, fragte Mira. »Immerhin ist der Förster da, der in der Gegend ja irgendwie verantwortlich ist.«

»Für den Wald.«

»Auf jeden Fall ist keiner auf sich allein gestellt.« Nach einer kurzen Pause gab Mira zu: »Außer Hans.«

Lars trat von einem Fuß auf den anderen. »Wir haben uns eingemischt. Das war dir doch so immens wichtig. Meinst du nicht, wir sollten Hans weiterhin unterstützen? Warum hast du es auf einmal so eilig?«

»Hab ein komisches Gefühl«, murmelte Mira vage und drehte sich weg. Sie wollte nicht darüber reden, aber für Lars kam es nicht infrage, sich jetzt zurückzuziehen, wo sie Egon an einen Baum gefesselt hatten und ein verrückter Taxifahrer im Wald herumgeisterte. Da Letzterer wahrscheinlich keine Schusswaffe bei sich trug, machte er sich keine Sorgen darum, ob er Mira im Ernstfall beschützen könnte. Lars war sicher, dass der Taxifahrer eine solche Waffe benutzt hätte, um von Sibylle zu bekommen, was er wollte. In ihren Schilderungen hätte sie eine solche Waffe nicht ausgelassen. Den armen Hans wollte er jedoch nicht mit Sibylle und der Rasselbande Teenager in dieser Situation zurücklassen. Und das nur, weil seiner Freundin ihr Sinn für soziale Mithilfe von einer Minute zur anderen abhandengekommen war. Wie er sie kannte, war ihr kalt und sie war müde und hatte nun keine Lust mehr auf Abenteuer. Oder sie hat sich darüber erschreckt, dass du dabei mitgeholfen hast, einen Mann an einen Baum zu fesseln, warnte Lars sein schlechtes Gewissen. Und jetzt braucht sie Abstand zu dir, bestenfalls nur Abstand von der Situation und Zeit zum Nachdenken.

Zu Hans sagte Lars: »Wir sollten jemanden bei Egon lassen. Nicht dass der Taxifahrer auftaucht und … na ja, damit es eben nicht ungemütlich für ihn wird.«

»Da bin ich wohl raus«, meinte Sibylle und verzog das Gesicht zu einer Grimasse, die wohl irgendeine Art von Lächeln darstellen sollte.

Flo sagte: »Das machen wir. Wo ist er denn?«

»Danke euch. Dort entlang.« Lars zeigte in die Richtung hinter der Tankstelle, wo sie Egon festgebunden hatten. Du hast heute einen Menschen gegen seinen Willen an einen Baum gefesselt, mahnte eine Stimme in seinem Kopf. Er wurde sie nicht ganz los, versuchte sie aber zu ignorieren. »Ruft, falls irgendwas sein sollte«, bat Lars und die drei verschwanden mit erhobenem Daumen um die Tankstelle herum.

»Ich würde gerne mal in die Tankstelle reingehen«, sagte Lars. »Nicht, dass sich der Taxifahrer die ganze Zeit darin versteckt und uns belauscht. Und ich gebe es zu: Mich faszinieren verlassene Gebäude.«

Mira fügte lächelnd hinzu: »Und jede Form von Abenteuer.«

»Da drin findest du außer Schmutz und Staub nicht viel«, meinte Hans, »aber schau dich in Ruhe um, wenn du möchtest. Die Hintertür kann nicht mehr abgeschlossen werden, aber sie klemmt ziemlich. Der Laden hier interessiert so gut wie niemanden mehr. Wenn sich Egon in ein paar Minuten wieder gefasst hat, entscheiden wir, wie es weitergehen soll. So können wir alle erst mal durchatmen.«

Sibylle trat auf Lars zu. »Dann begleite ich dich. Vielleicht kann ich mich ein bisschen aufwärmen. Windgeschützt ist dort drinnen ja. Ich wäre froh, irgendwo reinzukommen.«

»Was ist mit dir, Mira?«

»Ich nutze die Gelegenheit, um Hans ein bisschen über die Hexe und das Grab auszufragen. Vielleicht kann ich darüber ja bloggen. Ruf mich, falls du was Spannendes findest.«

Ein stolzes Grinsen hob Hans' Mundwinkel leicht an. »Ja, natürlich. Wie wäre es mit folgendem Plan: Sobald ihr in der Tankstelle fertig seid, fahre ich Sibylle nach Hause. Wenn ich dann Empfang habe, verständige ich wegen des Taxifahrers die Polizei. Ach ja, und ein Abschleppunternehmen für den Bus rufe ich dann auch direkt an, falls noch jemand erreichbar ist heute.« Hans hob seinen Hut und fuhr sich durch die Haare. »Ach, verdammt, Egon ist auch noch da. Dann nehme ich Sibylle und ihn mit. Erster Halt: Krankenhaus, würde ich vorschlagen. Wir halten solange die Augen hier draußen offen, ob noch Fahrgäste von Egon auftauchen, während ihr euch drinnen umschaut.«

»Falls er überhaupt welche dabeihatte«, merkte Lars an. »Wer rennt denn in den Wald und verläuft sich, wenn der Bus, mit dem er fährt, eine Panne hat? Da bleibt man doch sitzen.«

»Als hätte es dich als Mister Abenteuer auf dem Sitz gehalten. Aber umso mehr ein Grund, die Polizei zu rufen«, sagte Mira. »Egon war ja bestimmt nicht so neben der Spur, bevor er was auf den Kopf bekommen hat. Der wird schon wissen, ob er jemanden dabeihatte.«

Der Förster runzelte die Stirn. »Und wenn er gar nicht vom Taxifahrer, sondern von einem seiner Fahrgäste niedergeschlagen wurde? Von einem, der es vielleicht eilig hatte und über die Verzögerung völlig in Wut geriet?«

»Noch mehr gewalttätige Verrückte in einer Nacht? Das kann ich mir kaum vorstellen«, sagte Sibylle.

Mira nickte dazu, kniff aber ihre Augen zusammen, wie sie es sonst bei Kreuzworträtseln und Sudokus tat, die sie sich manchmal vorknöpfte. Lars fragte sich, worüber sie nachdachte.

»Bleibt aufmerksam, wir sind gleich zurück«, sagte Lars und gab Mira einen Kuss. Inzwischen zweifelte er an seiner Idee, in die Tankstelle zu gehen und Mira ungeschützt hier draußen zu lassen, aber sie konnte auf sich selbst aufpassen und er war in Rufweite. Wenn er ihr das Gefühl gab, dass er sie zu sehr behütete, würde sie wieder ihre Krallen ausfahren.

»Also, zur Hexe. Was interessiert dich denn am meisten?«, hörte Lars Hans fragen, aber Miras Antwort verstand er nicht mehr.

Sie kamen um die Tankstelle herum. Dort, wo die Bäume bereits dichter standen, saßen die drei Freunde bei Egon auf dem Boden. Abgesehen davon, dass der Busfahrer gefesselt war, schienen die vier eine gute Zeit miteinander zu haben. Er machte zwar ein verkniffenes Gesicht, als er Sibylle entdeckte, aber er drohte ihr nicht.

Sibylle rüttelte an der Tür herum. »Ich glaube, die geht nicht auf«, sagte sie mit enttäuschter Stimme. Eine ihrer Augenbrauen war hochgezogen. Sie machte den deutlichen Eindruck, dass es ihr nicht recht war, dass Lars sich für stärker hielt und es ebenfalls versuchen wollte, aber er war zu neugierig.

»Vielleicht habe ich ja Glück«, versuchte er die Situation zu entschärfen, während er es sich nicht nehmen lassen würde, es selbst zu versuchen.

Sibylles geschürzte Lippen hielten ihn nicht davon ab, nach der Türklinke zu greifen. Er drückte sie hinunter und zog die Tür auf, als wäre nichts gewesen. »Tadaa«, sagte er und grinste schief. »Da hast du wohl selbst die Verklemmung schon gelöst und mir damit die ganze Arbeit abgenommen.«

»Offensichtlich.« Sibylle drängte sich an ihm vorbei.

Lars schaltete die Taschenlampe seines Smartphones ein. Wenn es ihm schon keine Telefonverbindung ermöglichte, sollte es ihm immerhin in der Tankstelle Licht spenden. Drinnen war es stockdunkel und durch die mit Zeitungspapier zugeklebten Fenster und Glasscheiben fiel kein Licht, nicht einmal das des Mondes. Lars schwenkte sein Handy hin und her, entdeckte viele leere Regale, auf denen bloß eine dicke Staubschicht lag. An den Wänden reichten sie hinauf bis zur Decke und die in der Mitte des Raumes waren lediglich brusthoch. Hier und da waren Handabdrücke von früheren Besuchern zu erkennen und auf dem Boden verrieten Erdklümpchen und Fußabdrücke, dass Menschen öfter hier eindrangen. Graffiti gab es überraschend wenige: Im Gegensatz zu den bunten Außenwänden waren hier nur vereinzelte Farbklekse aufgesprüht. Fast heimelig hier, dachte Lars und schmunzelte über seine eigenen Gedanken.

»Weniger spannend als gedacht. Gehen wir wieder?«, fragte Sibylle und knetete ihre Hände.

Die hat Angst und will es nicht zugeben, dachte Lars amüsiert. Sie hatte aber schon genug durchgemacht an diesem Abend, da war eine gewisse Nervosität verständlich. Wenn er mit Mira hierhergekommen wäre, hätte er es kaum lassen können und hätte versucht, sie ordentlich zu erschrecken. »Du kannst ja schon vorgehen, ich beende noch meine Runde. Da liegt was hinter der Kasse, das will ich mir noch anschauen.«

»Ich glaube nicht, dass du das sehen möchtest. Lass es gut sein, Lars!« Kurz leuchtete er ihr ins Gesicht, so erstaunt war Lars über Sibylles Tonfall. Sie kniff geblendet die Augen zusammen und tastete nach seinem Arm. Als sie ihn fand, legte sie ihre Hand darauf. »Lass es gut sein«, wiederholte sie, dieses Mal freundlicher.

ZWÖLF.

Verborgenes wird enthüllt

Mira

»Was für eine geniale Story, Hans! Ein ehemaliger Galgenplatz samt Massengrab, um die Verbrecher, die sich als Gottes unwürdig erwiesen haben, in ungeweihter Erde zu verscharren«, fasste Mira zusammen, damit sie auf ihrem Blog alles richtig darstellen würde. »Dazu soll es dort spuken und es werden in der Gegend alle naselang Leichen gefunden. Verstümmelte Leichen.«

»Aber du wirst doch nicht an Spuk glauben, oder?«

»Nein, ich frage mich nur, warum ich nicht vorher schon vom Langenbaarer Forst oder Dorethe Wagner gehört habe. Ich habe eine kleine Schwäche für urbane Legenden und regionale Gruselgeschichten. Alltagsmysterien, du weißt schon. Müsste doch irgendwie bekannt sein. Dass das nicht für Touristen ausgebeutet wird. Man könnte eine schöne Wanderroute ausschildern. Hier ist doch auch irgendwo eine Lichtung zum Picknicken.«

Hans zuckte mit den Schultern. »Und Verrückte anlocken, die Leute umbringen, um den Mythos in Schwung zu bringen? Lieber nicht. Ich kann den Stadtrat da verstehen. Das fragen sich aber viele, warum nicht was aus der Sache gemacht wird.«

»Von wann ist das Hexengrab denn?«

»Das könnte dir gefallen!« Hans strahlte. »Die Hexe soll um 1680 oder 1700 herum dort begraben worden sein. Sie wurde nicht verbrannt, sondern gefoltert und anschließend ertränkt. Wasserprobe nannten die das damals. Ziemlich fiese Angelegenheit: Entweder die Beschuldigte ertrank und war tot, hatte aber ihre Unschuld damit bewiesen. Oder sie konnte ihr Leben retten und ging im Wasser nicht unter, was sie allerdings als Hexe auszeichnete. Dann wartete eine Hinrichtung auf sie.«

Nachdenklich rückte Hans seinen Försterhut zurecht. »Jedenfalls scheint diese Probe bei unserer Hexe hier misslungen zu sein. Obwohl sie ertränkt worden war, hat sie doch viele Menschen zu sich ins Totenreich geholt, heißt es. Niemand ist sicher, ob es ihr Geist ist oder ob sie in manchen Nächten aufersteht. Da gibt es mehrere Versionen des Mythos. Manche sagen, dass sie gar nicht wirklich gestorben sei und aus ihrem falschen Grab eine schier endlose Macht ziehen könne. Dass sie in Tierform in diesem Wald die Zeiten überdauert, wo ihr menschlicher Körper dem Wasser zum Opfer fiel. Sie soll sich in jedes Tier verwandeln können, nur nicht mehr in einen Menschen. Ganz schön verzwickt, fast jeder kennt die Hexensage mit eigenen Nuancen.«

»Und da hat niemand näher nachgeforscht? Wollte niemand dem Kern der Sage auf den Grund gehen?«, fragte Mira.

»Dorethe Wagner soll ungefähr 150 Jahre später exhumiert worden sein. Eine Gruppe von Pseudomedizinern, nichts anderes als Leichendiebe, war hier in der Gegend unterwegs und wollte sich ihr Skelett anschauen. Aber rate mal, was stattdessen geschehen ist?«

Mira lehnte sich unwillkürlich vor. »Sie sind alle bei ihrem scheußlichen Anblick gestorben. Ihnen ist vor Schreck in exakt derselben Sekunde das Herz stehen geblieben«, flüsterte sie. Das ist Futter für meinen Blog, dachte sie. Egal, was Lars in der Tankstelle findet, über die Hexe werde ich etwas schreiben. Wird auch Zeit, dass mal wieder was Neues kommt.

»Aber nein.« Hans' Lachen erinnerte sie an ihren Opa, der viel zu früh verstorben war. Ihr Herz machte wie jedes Mal, wenn sie an ihn dachte, einen kleinen Ruck. Sie würde ihn für immer vermissen.

»Was dann?«, fragte sie ein bisschen enttäuscht, hoffte aber gleichzeitig, dass ihre Erwartungen noch übertroffen werden würden.

»Die drei angehenden Ärzte fanden einen frischen Leichnam. Nicht einmal eine Woche konnte er im Grab gelegen haben. Da fallen einem doch nur zwei Möglichkeiten ein: Eine andere Frau war dort bestattet worden, aber ihre Kleidung war sehr veraltet und passte nicht in die Zeit. Vielleicht wurde sie mit Requisiten aus einem Theater ausstaffiert. Oder vor ihnen lag tatsächlich die Hexe, die sich zu verrotten weigerte.«

Eine kleine Gänsehaut strich über Miras Körper und sie belächelte sich selbst dafür. Sei nicht so einfältig, dachte sie, genoss den Schauer aber. »Was haben die Forschungen der drei Männer ergeben?«

»Sie konnten sie nicht zu Ende bringen. Binnen dreizehn Tagen waren sie gestorben. Unfall und Krankheit hatten alle drei dahingerafft.«

»Zufall«, sagte Mira, aber in ihrem Bauch rumorte es. In ihrer Brust spürte sie es kribbeln.

»Oder der Hexenfluch steckt dahinter«, sagte Hans und begann erneut herzlich zu lachen. »Ihre Aufzeichnungen, an deren Echtheit übrigens viele nicht glauben, werden in einem Freilichtmuseum ein paar Kilometer weg ausgestellt. Die wirklich interessanten Seiten zeigen sie einem aber nur auf Nachfrage. Nur wer den Namen Dorethe Wagner schon kennt, erfährt mehr. Eine urige Art der Geheimhaltung, wenn du mich fragst. Der Ort heißt Langenbaar, wie du dir denken kannst. Die Grabsteine der drei Männer stehen noch auf dem dortigen Friedhof. Bestattet wurden sie nebeneinander. Und seit dem ersten Todestag werden dort Tierschädel abgelegt. Über Generationen hinweg machen sich irgendwelche Leute die Mühe, die Schädel von Füchsen, Mäusen, Hasen und Vögeln an den Gräbern abzulegen.«

»Wer könnte denn hinter so etwas stecken?«

Hans' Blick schweifte in die Ferne. »Das weiß man nicht. Regional ist diese Sage sehr bekannt, wird von Generation zu Generation weitererzählt, also werden es Leute von hier sein. Da die Grabesruhe nicht gestört wird, hat niemand nachgeforscht. Die Schädel werden dann weggeräumt, wie die verwelkten Blumen von den anderen Gräbern.«

»Warum gerade Tierschädel?«, fragte Mira, wozu Hans lediglich mit den Schultern zuckte.

Sie ließ die Erzählung nachklingen. Sie liebte Geistergeschichten und Hexensagen.

Hans schaute auf seine Uhr. »So langsam müssten die beiden aber wieder herauskommen. Es ist schon spät. Ein alter Mann wie ich braucht seinen Schlaf.«

»Wie lange bist du schon Förster?«

»Fünfundzwanzig Jahre werden es schon sein. Wohl eher ein paar mehr. Bevor du fragst: Ich habe in diesem Wald nie etwas Seltsames erlebt. Ich kenne das Hexengrab, aber das ist einfach ein Stein, über den gerne geredet wird, weil man etwas braucht, worüber man sich das Maul … entschuldige, zerreißen kann, wenn der Tag lang ist und sonst nichts passiert.«

»Aber die Leichen und die toten Mediziner? Die Leichen, die hier so oft gefunden werden?«

»Ich habe selbst welche davon gefunden. Auch daran gewöhnt man sich ein Stück weit. Muss man ja, wenn man hier Förster bleiben will. Dem Tod zu begegnen, das bleibt einem in diesem Beruf leider nicht erspart. Überall werden Leute umgebracht. Überall werden Tote gefunden oder versteckt. Und überall sterben Leute. An diesem Wald ist nichts, wie es nicht sein soll.«

Hans als Förster und damit irgendwie auch Hüter dieses Waldes muss das betonen, dachte Mira. Aber gerade, weil er so darauf pochte, regte sich ihre Neugierde noch mehr als zuvor.

Hans' Gesicht wurde durch einen Geistesblitz erhellt. »Weißt du, was dich noch interessieren könnte? Ein Stück weiter südlich, da kursieren auch Gerüchte über Hexen. Sogar über mehrere. Der Ort heißt Schwarzbach. Dort verschwinden unzählige

Kinder und erst letztes Jahr ist die Gerüchteküche noch mal ordentlich hochgekocht.« Hans richtete sich auf. »Ach, da kommen sie ja. Machen ein bisschen sauertöpfische Gesichter, findest du nicht?«

»Sauertöpfisch«, wiederholte Mira das ungebräuchliche Wort lächelnd.

Sibylle und Lars blieben vor ihnen stehen. Lars starrte Mira in die Augen, aber sie verstand nicht, was er ihr mitteilen wollte. Er starrte sie auf eine Weise an, dass sich ein Klumpen Besorgnis in ihrem Magen bildete. Aber sie fragte nicht nach, irgendetwas in seinem Gesicht verbot ihr das. Und falls er etwas zu sagen hätte, würde er es aussprechen.

Sibylle wischte sich über das Gesicht, als würde sie nach Spinnen suchen, die sie mit aus der Tankstelle gebracht hatte und die noch über sie krabbelten. »Wir haben meinen Taxifahrer gefunden«, platzte es aus ihr heraus und sie ließ die Hände herabsacken. Lars kniff die Lippen zusammen, aber Mira schaute nun zu Sibylle. »Er ist tot. Der tut keinem mehr was.«

Hans seufzte, als hätte man ihm eine zusätzliche Nachtschicht aufgedonnert, was es wohl auch recht gut traf. »Sicher?«, fragte er Lars.

Dieser nickte einmal knapp. »Tot«, sagte er und seine Stimme klang gepresst.

Sibylle wirkte unruhig. »Meint ihr, dass dieser Busfahrer, dass Egon …? Ich meine, mir gegenüber wäre er ja auch fast grob geworden.«

»Sibylle«, sagte Lars und Mira war überrascht über seinen Tonfall. Allein, wie er Sibylles Namen ausgesprochen hatte, klang wie eine scharfe Ermahnung. »Scheiße, du kannst nicht einfach solche Anschuldigungen treffen. Egon war das nicht.«

»Irgendwer muss es gewesen sein. Aber Egon?« Mira schüttelte den Kopf. Sie wollte es nicht glauben, es sich nicht vorstellen. Aber wie gut hatte sie den Busfahrer schon kennengelernt in den paar Minuten? Und wurden nicht oft Nachbarn von Mördern interviewt, die ganz ungläubig in die Kamera starrten und versicherten, dass sie ihm das niemals zugetraut hätten?

»Egon ist ein guter Mann«, spie Lars die Worte aus. Er öffnete seine geballten Fäuste langsam.

Mira konnte nicht begreifen, was mit Lars vor sich ging. Er kannte Egon kaum, hatte ihn gerade selbst noch an einen Baum gefesselt. Ehe sie nachfragen konnte, klatschte Hans in die Hände. »Ich fahre dann mal aus dem Wald raus und rufe die Polizei, sobald ich Empfang habe. Bist du so weit, Sibylle? Wo wohnst du denn?«

»Warte«, sagte Lars. Er schien hin und her zu überlegen. »Vorher müssen wir noch Egon losmachen. Der hat sich bestimmt beruhigt und du wolltest ihn ins Krankenhaus fahren.«

Hans schüttelte den Kopf und lächelte verschämt. »Erzählt das bloß nicht Egon, dass ich ihn ständig vergesse, wo er doch unser Verletzter ist.«

Sibylle plusterte sich auf. »Der will mir was antun. Das ist doch bescheuert. Wir können doch nicht gerade jetzt …« Als sie bemerkte, wie Lars sie musterte, verstummte sie.

Hans lief ein paar Schritte von ihnen weg, um nach den Jugendlichen und Egon zu sehen.

Mira stellte leise fest: »Egon hätten wir schon längst losbinden sollen.« Es kam ihr vor, als rückten die Büsche und das Gestrüpp näher. Als würden die Bäume sie einkesseln. Ihre sonst nur ganz sachte Klaustrophobie holte sie hier im Wald vor der Tankstelle ein. Es war ihr, als streckten die Bäume ihre Wurzeln nach ihr aus. Oder ein Mörder, der sich hinter einem der näher rückenden Bäume befand, seinen Arm.

»Dein Verdächtiger ist übrigens weg«, klärte Hans Sibylle auf. »Und seine drei Wächter ebenfalls.«

DREIZEHN.

Tankstellenchaos

Elias

Ein paar Minuten zuvor

»Und dann haben wir dem Lehrer die hinteren beiden Stuhlbeine angesägt. Als sich der alte Sack draufgesetzt hat, ist der mit einem Knall auf dem Boden gelandet. Hat der geschrien und getobt hinterher! Hat uns allen eins mit dem Rohrstock auf den Hintern gegeben. Das war der beste Tag in meiner ganzen Schulzeit, sag ich euch.« Egon lehnte sich am Baum an, an den er gefesselt war, und kicherte vor sich hin, wie er es wohl jedes Mal tat, wenn er an diesen Streich dachte. »Die dunkelrote Birne von dem Alten werde ich niemals vergessen. Eigentlich ein Wunder, dass der nicht direkt einen Herzinfarkt erlitt und mausetot umgefallen ist.« Sie saßen in gemütlicher Runde mit dem Busfahrer, als würden Freunde bei einem Bier zusammensitzen.

Lars und Sibylle kamen um die Tankstelle gelaufen, betrachteten sie neugierig, da sie wohl keine so gemütliche und fröhliche Runde erwartet hatten, und machten sich an der Tür zu schaffen, durch die auch Elias und seine Freunde gerne in die Tankstelle hineingelangt wären. Zuerst wirkte es, als würde Sibylle die Tür nicht geöffnet bekommen, dann schaffte es Lars auf Anhieb.

Jule fragte: »Was die wohl da drinnen wollen?«

»Könnte man herausfinden«, sagte Flo.

Elias spielte mit einem Steinchen, das er neben seinem Schuh gefunden hatte. Egon, der hin und wieder seine Schultern kreisen ließ, tat Elias inzwischen ziemlich leid. Der Mann beklagte sich nicht, aber es war ihm deutlich anzumerken, wie ungemütlich die Position geworden sein musste. »Ich würde vorschlagen, dass wir dich jetzt losmachen«, sagte Elias und war wegen seiner Worte selbst ein bisschen verblüfft. Normalerweise war er niemand, der sich mit Lehrern oder Erwachsenen anlegte. Aber dieses Mal hatte er einen guten Grund.

Jule nickte. »Du wirst dieser Trulla ja nicht gleich an den Hals gehen, oder?«

»Ne, hab mich längst beruhigt. Und zum Glück fällt mir auch das Denken nicht mehr so schwer wie vorhin. Ich hätte zwar schwören können, dass ich ihr Parfüm gerochen habe, kurz bevor mich der Schlag traf. Aber vielleicht wurde ich schlimmer am Kopf erwischt als gedacht und irre mich. Zumindest irgendetwas habe ich gerochen, wenn es auch irgendwie ein seltsamer Frauenduft zu sein scheint, wie ich inzwischen zugeben muss. Dieser Abend ist so für die Tonne, dass ich hier wie ein Serienkiller gefesselt rumsitze, ist die Krönung des Ganzen. Aber ich will nicht, dass ihr drei euch Ärger einhandelt. Ich klär das nachher mit Hans und Lars und gut ist.«

»Du brauchst gar nichts zu klären«, sagte Elias. »Die beiden sollten sich bei dir entschuldigen.«

»Die wussten doch auch nicht, was sie machen sollen. Ist alles ein bisschen viel heute Nacht. Das nehme ich denen nicht übel, ich war schon ziemlich aufgebracht. Ist ein bisschen wie damals, wenn mich der Lehrer in die Ecke gestellt hat. Meine Tochter brummt meiner Enkelin manchmal eine Auszeit auf, wie sie es nennt. Dann muss sie auf einem Stuhl sitzen bleiben und darf nicht rumrennen oder weiterspielen.«

Flo zog sein Taschenmesser aus der Hosentasche, um das ihn Elias schon lange beneidete. Nicht nur, dass ein fieser Totenkopf in den Griff eingeprägt war, das Ding war schon oft zum Einsatz gekommen und stets überaus nützlich gewesen. Mit einem Ruck schnitt er die Kabelbinder durch, die Egons Hände hinter dem Baumstamm gefesselt hatten, und der Busfahrer war frei. Woher sie auf die Schnelle die Kabelbinder genommen hatten, war Elias zwar schleierhaft, aber vielleicht gehörte das zur Standardausrüstung eines Försters. Sein Vater hatte nahezu immer WD40-Kriechöl und Panzertape dabei. Elias ließ die zerschnittenen Kabelbinder zu Boden fallen und beachtete sie nicht weiter.

Hollywoodreif rieb sich der Busfahrer über die Handgelenke und erhob sich. Kurz befürchtete Elias, er würde Sibylle in die Tankstelle hinterhereilen, um sie doch noch zu erwürgen. Egon bewegte sich allerdings keinen Schritt vom Baum weg. Er stand da, fast so, als gäbe es unsichtbare Fesseln, die ihn weiterhin an den Stamm bänden.

»Was ist, wollt ihr nicht schauen, was die da drinnen machen?«, fragte der Busfahrer.

»Und was ist mit dir?«, wollte Jule wissen.

Egon neigte verständnislos den Kopf. »Ich komme natürlich mit.«

Elias klatschte in die Hände. Nichts hielt ihn noch hier. Jetzt, wo Egon frei war und er die Aufgabe endlich und leider verspätet abgelehnt hatte, Wächter für einen Häftling zu sein, ging es ihm besser. Endorphine wurden durch seinen Körper gespült und er fühlte sich leichter, sodass sogar die dunklen Schatten für den Moment ein wenig von ihrer Bedrohlichkeit einbüßten. Neugierde sprudelte durch seinen ganzen Körper: Er konnte nicht erwarten herauszufinden, was dort drinnen los war und was Lars und Sibylle vorhatten. Er erreichte als Erster die Tür, die Sibylle hinter sich angelehnt hatte. Vorsichtig nahm er die Klinke und zog sie auf. Weder quietschte sie noch knarrte es.

Sie schlüpften alle nacheinander durch den Türspalt und zogen sie anschließend ein Stück weit hinter sich zu. Dann gingen sie hinter dem nächsten mittelhohen Regal in die Hocke. Egons Knie knackten, aber Elias glaubte nicht, dass sie deswegen entdeckt werden würden.

»Weniger spannend als gedacht. Gehen wir wieder?«, hörte Elias Sibylle vorschlagen. Ihre Stimme kratzte ein wenig. So leicht, dass es ihm wohl nicht aufgefallen wäre, wenn er davon abgelenkt gewesen wäre, sie zu sehen oder die Tankstelle zu erkunden. Durch das Lauschen fiel es ihm allerdings sehr wohl auf.

Lars wirkte ungerührt, als er antwortete: »Du kannst ja schon vorgehen, ich beende noch meine Runde. Da liegt was hinter der Kasse, das will ich mir noch anschauen.«

»Ich glaube nicht, dass du das sehen möchtest. Lass es gut sein, Lars. Lass es gut sein.«

Elias hielt die Luft an und hörte zu, wie Lars nach selbiger schnappte. »Was zur Hölle?«, rief Lars voller Entsetzen. »Wusstest du das? Woher hast du das gewusst?«

»Es war nötig. Notwehr.«

»Warum hast du es uns draußen nicht einfach gesagt?« Lars klang atemlos.

Elias suchte Blickkontakt zu seinen Freunden, aber er erkannte nur ihre schemenhaften Umrisse, die sich in der Dunkelheit nicht regten. Einsamkeit verknotete sich in seinem Magen mit der Furcht, die sich angeschlichen hatte und ihn gepackt hielt.

»Ich wollte nicht als die Böse dastehen. Ich kann doch nichts dafür. Sonst hätte er …«

Elias konnte Lars' Zögern hören. »Wie hast du das eigentlich gemacht? Da ist so viel Blut. Scheiße, Sibylle, das ist heftig.«

Sibylles Stimme wurde kalt: »Ich habe eine Scherbe vom Boden genommen. Dann hab ich ihm die Kehle aufgeschlitzt und nach ihm gestochen. Er ist überraschend schnell zusammengeklappt. Aber ich hab auch Blut gelassen, siehst du?« Der Stoff ihrer Jacke raschelte. »Meine Hand tut verdammt weh.«

»Und der hier ist tot. Wir müssen es den anderen sagen.«

»Nein.«

»Aber wenn du dich doch nur gewehrt hast …«

Elias hätte gerne über das Regal gespäht, aber seine Muskeln verweigerten ihm jede Bewegung. Nur sein Herz schlug so

kräftig in seiner Brust, dass es sich morgen bestimmt wund anfühlen würde.

Sibylle wisperte:»Niemand wird davon erfahren. Er ist im
Wald verschwunden. Du willst doch nicht mein Leben zerstö-
ren. Alles, was dann schiefgeht, wäre deine Schuld.«

»Du bist komplett neben der Spur.« Elias konnte sich nur
versuchen vorzustellen, auf welche verrückte Weise Sibylle
Lars anstarrte.»Du hast dich gewehrt, da macht dir keiner
Vorwürfe.«

Ihre Stimme überschlug sich und klang schrill, während sie
sprach.»Ich würde für alle immer nur die Frau sein, die jemanden umgebracht hat. Das verändert alles. Alles! Ich zeige dir,
wie sehr ich daneben bin. Ich hab die Scherbe dabei. Morgen
früh zertrümmere ich sie und werfe die Splitter im Staubsau-
gerbeutel in den Müll. Und niemand wird erfahren, dass ich
damit einen Menschen – aus Notwehr – getötet habe.«

»Das endet für dich auf diese Weise viel schlimmer, als wenn
du das direkt meldest. Dein Plan ist bescheuert.«

»Ich kann mir vorstellen, wie die Leute über mich reden
würden. Wie sie mich angucken und mich ausgrenzen würden.
Es wird wie ein Makel an mir haften. Die Situation, die dahin-
tergesteckt hat, wird niemanden interessieren. Und weißt du,
was sie sich fragen werden: Hat sie ihn denn gleich umbringen
müssen? Hat sie es vielleicht gewollt? Hat sie es provoziert,
dass er sie haben wollte? Spielt sie jetzt die Prüde? Das fragen
die doch immer, auch wenn sie es nicht zugeben wollen. Ich
fand es auf jeden Fall nicht unangenehm, das Morden. Ob ich
aus Notwehr einen Mann oder zwei umgebracht habe, spielt
nachher keine Rolle mehr. Ein Wort und ich töte dich oder deine Freundin oder alle, die nötig sind. Bis du sie gewarnt hast,
ist es schon zu spät und jemand stirbt. Auch das wäre deine
Schuld.«

Lars' Stimme klang flach.»Komm schon, sei doch bitte ver-
nünftig. Du verrennst dich da in etwas.«

»Ein Wort. Ich bin zu allem bereit. Lass es nicht drauf an-
kommen und unterschätz mich, wie der da es getan hat.«

Jule flüsterte:»Die ist komplett hinüber. Wir müssen hier raus, nicht dass sie uns beim Horchen erwischt.«

Elias hielt seinen Freund fest.»Die sind auf dem Rückweg. Pssst. Bewegt euch nicht.«

»Wir gehen nach denen raus«, flüsterte Flo neben ihm.

»Und wenn die checken, dass wir weg sind?« Jules Stimme zitterte, sodass Elias sie fast nicht verstanden hätte.

Er sprach selbst so leise wie er konnte:»Merken die bestimmt nicht. Die haben ihre eigenen Probleme. Und wenn doch, dann suchen sie nicht hier. Jetzt seid leise!«

Sibylle stieß die Hintertür auf und ließ Lars durch. Elias wich ein wenig zurück und versuchte, mit den Schatten zu verschmelzen. Als er bemerkte, dass er sogar die Luft angehalten hatte, ließ er sie langsam aus. Mit einem Schlag knallte die Tür zu.

Ein Quietschen und Krächzen verriet, dass Sibylle von außen weiter daran herumdrückte.

Wahrscheinlich will sie dieses Mal dafür sorgen, dass nicht noch jemand die Leiche des Taxifahrers findet. Mit dieser letzten Vermutung wurde Elias endlich bewusst, dass er sich mit einer Leiche im selben Raum befand. Und noch dazu war es beinahe stockdunkel.

Kalter Schweiß begann ihm wie Maden über die Haut zu rinnen. War da ein Geräusch, das nicht hätte da sein sollen? Er wusste zwar, dass sein Gehirn ihm Schauerfantasien vorgaukeln wollte und der Leichnam weder seine Arme nach ihm ausstrecken noch herankriechen und die Zähne in sein Bein schlagen würde, aber allein der Gedanke daran verursachte ihm Gänsehaut. Wo er vorher an die Tat und die Täterin gedacht hatte, fokussierten sich seine Gedanken nun auf das Opfer.

Neben ihm wurde es hell. Jule hielt ihr Handy in der Hand und grinste ihn an.

Flo sagte:»Sieht man das nicht von draußen?«

Jule stellte die Bildschirmhelligkeit herunter, sodass die Dunkelheit sie beinahe wieder verschluckte.»Jetzt nicht mehr. Sonst sind wir ja völlig blind.«

Irgendwie vermisste Elias die schier undurchdringliche Schwärze. Er wollte die Leiche nicht sehen. Und wenn sie auf ihn zu gekrochen käme, um ihm das Fleisch von den Knochen zu nagen, würde er das noch viel weniger sehen wollen. Möglichst ruhig versuchte er ein- und wieder auszuatmen. Dabei konnte es nur von Nutzen sein, wenn man die untote Gefahr sich anschleichen sah, um sich zur Wehr setzen zu können. Elias versuchte mit einem Kopfschütteln die Gedanken an gemächlich verwesende Zombies zu vertreiben.

»Gehen wir jetzt raus, oder was?«, fragte Flo.

Jule trat ein paar Schritte auf die Tür zu. »Sind die denn sicher schon weg? Ich höre jedenfalls nichts mehr.«

Elias bemerkte, dass Egon die ganze Zeit still geblieben war. Er hatte ihnen den Rücken zugekehrt, sodass er in Richtung des toten Taxifahrers gewandt war. »Ist alles okay, Egon?«, fragte Elias. »Hast du etwas entdeckt?«

Erschrocken drehte sich Egon zu den Freunden um. Er knabberte an seinem Daumennagel und ließ die Hand an der Seite herab, nachdem er bemerkt hatte, was er tat. »Nein. Alles in Ordnung. Ich dachte nur, ich hätte etwas gehört.«

Flo klang skeptisch, als er fragte: »Du meinst, der Taxifahrer lebt noch?«

»Lars hat gesagt, er wäre eindeutig tot«, sagte Jule. »Also, ich bin nicht scharf drauf, das zu überprüfen. Sieht nicht so aus, als würde er noch mal mit seinem Taxi durch die Straßen cruisen.« Sie legte die letzten Meter zur Tür zurück und es wurde noch dunkler bei Elias, Flo und Egon. Jule legte die Hand auf die Türklinke. Sie drückte sie hinunter, aber nichts geschah. Die Handybeleuchtung ließ ihr Gesicht zwar im Dunkeln, weil sie es auf die Klinke richtete, aber dafür konnten alle beobachten und hören, wie sie immer hektischer an der Klinke rüttelte. »Tja«, sagte sie schließlich und ließ sie wieder los.

Flo ging mit hastigen Schritten zu ihr. »Affen können Türen öffnen. So schwer wird das wohl nicht sein.« Auch er rüttelte vergeblich daran. Beide pressten schließlich ihre Schultern gegen die Tür, während Flo zusätzlich die Klinke hinunterdrückte, aber nichts tat sich.»So ein Mist, jetzt klemmt sie tatsächlich.«

»Wenn wir eine Scheibe einschlagen«, überlegte Elias laut, »dann hören die draußen das und Sibylle weiß, dass wir sie belauscht haben.«

Egon kam in Bewegung.»Leuchte mal auf den Boden. Vielleicht gibt es etwas, womit wir die Tür aufstemmen können.«

Gemeinsam suchten sie den Boden ab, aber ließen den Kassenbereich dabei außen vor. Keiner von ihnen wollte den Toten in seiner Ruhe stören, falls er hier überhaupt ruhte, und Elias wollte darüber hinaus nicht versehentlich einen Untoten erwecken. Ganz groß im Zombiefilme gucken, dachte er. Aber eine Leiche und du benimmst dich wie ein Baby!

»Hört ihr das auch?«, wollte plötzlich Flo wissen. Allein, wie gepresst seine Stimme klang, verursachte einen erneuten Schub von Gänsehaut bei Elias.

Keiner bewegte sich. Alle hielten den Atem an. Elias nahm ein Schmatzen wahr und sein Herz wurde schwer wie ein Stein und schien ein Stück in seiner Brust abzusacken.

»Da«, flüsterte Flo.»Das bilde ich mir doch nicht ein.«

Egon antwortete viel zu laut, wie es Elias zumindest vorkam: »Ganz genau das hab ich vorhin gemeint.«

»Nein. Irgendetwas schmatzt«, sagte Jule.

»Regen?«, fragte Elias und gab sich alle Mühe, seine Stimme fest klingen zu lassen. Ein Zombie in Erwartung seines ersten Gehirns, dachte er und erschauderte.

»Nein.« Jule schwenkte ihr Handy nun nicht länger über den Boden, sondern von den Wänden hin und her.

Egon flüsterte:»Ich will euch ja wirklich keine Angst machen, aber ich glaube, das kommt von dahinten. Von dort, wo der Taxifahrer liegt.«

Das Handylicht in Jules Hand begann leicht zu zittern.

Flo sagte:»Aber das kann doch nicht der Taxifahrer sein.«

»Wir sollten nachsehen«, sagte Elias. Er wollte es zwar nicht wissen, aber ihm war klar, dass es von Vorteil wäre, zu erfahren, was hier vor sich ging. Nur so könnte er reagieren, nur so würde er nicht in den nächsten Jahren irrewerden, weil er sich stets fragen würde, was das in der Tankstelle gewesen war.

»Okay«, sagte Jule und klang zwar ein wenig verzweifelt, aber bei Weitem nicht so verzweifelt, wie Elias sich fühlte. Schritt für Schritt näherten sie sich gemeinsam dem Kassenbereich und mit jedem Meter wurden Elias' Knie weicher. Als sie nur noch einen Meter vom Leichnam entfernt waren, hörte das Schmatzen wieder auf. Der Tote lag glücklicherweise auf dem Bauch, wodurch weder eine Wunde noch ein vor Schmerzen verzerrtes und im Tod erstarrtes Gesicht zu erkennen waren. Oder tote, vielleicht milchig getrübte Augen, die Elias und seine Freunde später in ihrer Erinnerung bis in alle Ewigkeit anstarrten. Er hätte ohnmächtig oder betrunken zusammengesackt sein können, wäre da nicht die große Blutlache, die sich unter ihm ausgebreitet hatte. Das Blut glänzte unwirklich dunkel.

Am Rand des Blutsees saß eine braunschwarz getigerte, grünäugige Katze, die sie genau musterte. Mit ihrer Zunge leckte sie sich das blutverschmierte Mäulchen. Sie saß da, zwar sprungbereit, aber sie wollte ihren Festschmaus nicht beenden. Genüsslich schmatzte das Tier, während es die Menschen aufmerksam musterte. Von einem Schnurrhaar tropfte Blut, sodass es Elias flau im Magen wurde.

»Mein Gott, nur eine Katze«, sagte Flo, dessen Lächeln in seiner Stimme hörbar war. »Ihr glaubt nicht, was für ein Kopfkino ich gerade hatte.«

Jule lachte leise. »Ich würde zwar nicht der arme Kerl sein wollen, dessen Blut von einer Katze vom Boden geleckt wird, aber ich hab mir auch viel schlimmere Erklärungen zusammengesponnen. Scheiße, Mann!«

»Sollen wir sie verscheuchen?«, fragte Elias.

Egon schüttelte den Kopf. »Die kommt spätestens zurück, sobald wir weg sind. Wir haben auch eine Katze. Die macht, was sie will.«

»Ändert nichts für den da«, fasste Jule zusammen.

Elias schlug vor weiterzusuchen, damit sie aus der Tankstelle verschwinden könnten. Ein Brecheisen trieben sie zwar nicht auf, aber in einer Ecke fand Jule einen staubigen Schlitzschraubenzieher, dessen Drehkante verbogen und der wohl beim Auszug der Tankstellenbesitzer achtlos fallen gelassen worden war.

Egon betrachtete zuversichtlich Jules Fund. »Damit müsste es klappen.«

Elias und Jule drückten gegen die Tür. Egon betätigte die Klinke und hebelte und bohrte währenddessen mit dem Schraubenzieher im Türspalt herum. Hinter ihnen setzte das Schmatzen erneut ein, aber niemand kommentierte, dass die Katze weiter am Blut des Taxifahrers leckte und damit irgendwie einen Teil von ihm auffraß.

Nach einigem Probieren gab die Tür nach und öffnete sich. Den Schraubenzieher warf Egon nach drinnen und sie lehnten die Tür nur an, damit die Katze später ins Freie käme, falls sie nicht ohnehin ihren eigenen Schleichweg hatte.

»Passt die da überhaupt durch?«, fragte Elias.

Egon nickte. »Bestimmt. Man könnte meinen, die Viecher können sich durch ein Nadelöhr quetschen. Du glaubst es nicht, wo unsere Paula schon durchgepasst hat. Als hätte sie keine Knochen.«

»Was jetzt?«, fragte Flo.

Egon verschränkte die Arme über seinem kleinen Bierbauch. »Zu dieser Verrückten geh ich lieber nicht mehr zurück.«

»Müssen wir denen nicht sagen, was Sache ist? Wegen Sibylle, meine ich.«

Elias schüttelte den Kopf. »Lars weiß Bescheid. Lasst uns abhauen, solange wir noch können. Wir könnten die Polizei rufen und ihr zuvorkommen.«

»Willst du zum Bus oder sollen wir dich wohin fahren? Ich hab ein Auto, das steht in der Richtung da.« Jule streckte den Finger aus und zeigte auf ein paar Bäume.

Flo korrigierte sie, indem er ihren Finger ein Stückchen weiter nach links schob. »Dort, meinst du.«

»Ihr würdet mich mitnehmen? Was mach ich dann mit dem Bus?« Er kratzte sich am Kopf unter dem Verband und zuckte bei der Berührung seiner Wunde zusammen. »Ach, scheiß drauf. Ich komm mit euch. Danke, echt.«

»Gut, da entlang«, sagte Jule und führte sie durch den Wald.

VIERZEHN.

Tankstellenspielchen

Sibylle

»Wie weg? Wie können die weg sein?«, fragte Sibylle. In der Tankstelle war ihr abwechselnd heiß und kalt geworden und als Lars dann den Taxifahrer gefunden hatte, war ihr fast das Herz stehen geblieben. Aber sie würde nicht aufgeben. Sie war eine Kämpfernatur, zäh von klein auf. Stets verbiss sie sich in alles, was sie erreichen wollte, und wenn jemand behauptet hatte, dass sie etwas nicht konnte oder dass etwas nicht ginge, dann hatte sie alles getan, um sich und den anderen das Gegenteil zu beweisen. Natürlich war sie gescheitert, aber sie hatte nie aufgegeben. Und das würde sie heute Nacht erst recht nicht. Nicht nachdem sie beschlossen hatte ihr Leben neu anzupacken. Lars wusste Bescheid, aber sie würde nicht zulassen, dass sie als Mörderin abgestempelt aus dieser Nacht herausging, auch wenn sie dafür vielfach töten müsste. Sie war bereits eine Mörderin, aber sie würde nicht zulassen, dass irgendjemand davon erfuhr. Ihre Gedanken kreisten um die Frage, warum Egon und die Halbwüchsigen verschwunden sein sollten. Sie musste überaus wachsam sein, falls die vier nicht einfach genug von dieser Situation hatten, sondern losgegangen waren, um die Polizei zu rufen.

Hans strich sich über das Kinn. »Egon ist nicht mehr da, wo wir ihn … angebracht haben.«

»Die Jungs und Jule haben ihn losgemacht und sind mit ihm abgehauen«, fasste Lars die Situation zusammen. »Zuerst sollten wir am Bus nachsehen gehen.«

Mira hakte sich bei Lars unter. »Wir könnten zum Bus fahren. Dann können wir auch direkt feststellen, ob noch Fahrgäste aufgetaucht sind.«

Sibylle kniff die Augen zusammen. Das konnte sie auf gar keinen Fall zulassen. Wenn Lars mit dieser Tussi alleine wäre, würde alles noch viel schneller auffliegen. Die beiden würden losfahren und die Polizei rufen. Sibylle klopfte sich auf die Hosentaschen und steckte ihre Hände hinein. Den Stein, den sie eingesteckt hatte, warf sie hinterrücks auf den Boden. »Ich hab meinen Schlüssel verloren«, japste sie. »Oh nein. Mist. Lars, weißt du noch, wo wir überall herumgelaufen sind? Würdest du noch mal mit mir reingehen? Ich muss ihn unbedingt finden, wir haben ein Spezialschloss an der Haustür. Das auszutauschen wäre verdammt teuer.«

»Ich bin mir sicher, dass du den auch selbst findest. Ist ja keine große Tankstelle«, antwortete Lars und funkelte sie böse an.

Mira starrte ihren Freund mit geöffnetem Mund an.

Sibylle wollte das allerdings nicht so sprachlos hinnehmen. »Vier Augen sehen mehr … du kennst den Spruch doch auch. Du würdest dir doch garantiert Vorwürfe machen, wenn wegen dir für mich alles schiefläuft. Mira, findest du nicht auch, dass Lars mir da kurz aus der Patsche helfen sollte?« Sibylle erwartete keine Antwort, sondern nahm Lars am Ärmel und zog ihn zwei symbolische Schritte Richtung Tankstelle. Er musste kapieren, dass sie Ernst machte, falls er ihr nicht folgte.

Mira schloss ihren Mund und musterte nun Sibylle abschätzig.

Lars schnaubte. »Gut, aber danach fahre ich mit Mira zum Bus«, antwortete er kühl.

»Sollen wir Egon und die Jugendlichen derweil suchen? Wir könnten sie rufen.« Hans schaute sich um, als stünden sie zwischen den Bäumen wie die gesuchten Lebensmittel in einem

Supermarkt-Regal, wo er sie nur wie das auf der Einkaufsliste notierte Lebensmittel aufstöbern musste.

Mira trat von einem Bein aufs andere. »Die sind, warum auch immer, abgehauen. Wenn die gewollt hätten, dass wir wissen, wo sie sind, hätten sie sich verabschiedet. Ich glaube nicht, dass die antworten, selbst wenn sie uns rufen hören. Das können wir uns wohl sparen. Wie wär's, wenn wir zwei zum Bus fahren, während Lars und Sibylle den Schlüssel suchen? So sparen wir Zeit.«

»Der Plan gefällt mir«, sagte Hans.

Auch Sibylle vermeldete schnell: »Mir auch! Hast du dir klasse ausgedacht.«

Lars verschränkte die Arme und schüttelte damit Sibylles Hand ab. »Hör mal, wir sind ruckzuck wieder aus der Tankstelle raus. Wir zwei sollten echt zusammen zum Bus fahren«, sagte er.

Mira setzte dazu an, etwas zu antworten, aber Sibylle unterbrach sie lautstark: »Vertraust du deiner Freundin etwa dein Auto nicht an? Mann, Lars, das ist so von vorgestern. So geht es am schnellsten und wir bringen hoffentlich bald diese Nacht hinter uns. Du willst doch nicht, dass jemandem etwas zustößt, oder?«

»Nein, natürlich nicht.« Lars gab Mira den Autoschlüssel. Zwar runzelte er sorgenvoll die Stirn, aber ihm war es anscheinend genug, dass er seine Freundin weit weg von Sibylle wusste. Sibylle musste schmunzeln, Lars hingegen machte ein finsteres Gesicht. »Weißt du noch, wo wir das Auto abgestellt haben?«

»Ich denke, ja. Aber notfalls hab ich ja Hans dabei, sollte mein Orientierungssinn mich im Stich lassen.«

Hans sagte: »Wir finden schon hin. Treffen wir uns anschließend hier?«

»Ja, bis gleich. Pass bitte sehr auf dich auf«, sagte Lars und gab Mira einen Kuss.

Als sich endlich alle getrennt hatten, wich Sibylle ein Stück von Lars zurück. Der Abstand war ihr lieber, aber immerhin hatte sie es geschafft, dass er Mira keine heimliche Warnung zuzischte oder ihr irgendwelche Zeichen gab. Nun konnte es Sibylle nicht erwarten, die Tankstelle zu betreten. Die Tür war nur angelehnt und nicht verschlossen. Sie hätte nicht diesen schmalen Spalt offen stehen lassen. Innerlich krampfte sich bei ihr alles zusammen. Sie wusste es damit zwar weiterhin nicht mit absoluter Sicherheit, aber im Notfall musste sie davon ausgehen, dass die Halbwüchsigen und der Busfahrer ihren Taxifahrer gefunden hatten. Was heißt das für mich? Sie rufen vielleicht die Polizei und ich muss schneller von hier wegkommen. Sibylles Entschluss, den Taxischlüssel an sich zu nehmen, verwandelte sich in ein dringendes, fast verzweifeltes Bedürfnis.

Sie stieß die Tür auf und ein kleiner Schatten huschte vor ihren Füßen vorbei. Scharf zog sie die Luft ein und ärgerte sich, dass eine Katze sie dermaßen aus der Fassung gebracht hatte. Lars grinste sie boshaft an. Sibylle konnte es kaum erwarten, bis er seine Schadenfreude über ihren Schrecken einbüßen würde.

»Dann suchen wir mal deinen Schlüssel«, sagte er, gab sich aber keine besondere Mühe.

Zwar achtete Sibylle darauf, dass Lars nicht zum Ausgang flüchtete, aber er machte keine Anstalten, abhauen zu wollen. Sie nahm ihr Handy aus der Tasche, leuchtete sich den Weg zum Taxifahrer und durchsuchte ohne große Hemmungen seine Hosentaschen, wobei sie lediglich darauf bedacht war, keine glatte Oberfläche und nichts anderes zu berühren, von dem man Fingerabdrücke nehmen konnte. Ihr war es lieber, ihn tot zu berühren als lebendig. In seiner rechten Hosentasche fand sie den Schlüsselbund, an dem der Taxischlüssel hing.

Obwohl es Sibylle durchaus bewusst war, dass sein Schlüsselbund sich nicht ohne Grund schmierig anfühlte, nahm sie ihn dennoch an sich. Sie ekelte sich davor, einen Gegenstand von dem grässlichen Typen in der Hand zu halten, und das Blut dran machte es kaum schlimmer. Der Umstand, dass er tot war, widerte sie nicht an, sondern die Persönlichkeit, die er im Leben ihr gegenüber gezeigt hatte.

»Nur rein mit dir«, hatte er am Krankenhaus gesagt. Sein flapsiger Tonfall tat ihr nach dem Besuch bei ihrer Mutter eigentlich ganz gut. Zur Ablenkung hatte sie sich gerne auf seinen Small Talk eingelassen, bis er nach wenigen Minuten Fahrt immer unangenehmer wurde. »Was macht eine Hübsche wie du denn mit einem Abend wie diesem?«, hatte er gefragt.

»Mein Mann und ich werden wohl noch einen Film schauen.« Ihr Wink mit dem Zaunpfahl, dass er sie zu ihrem Mann nach Hause fuhr und sie damit vergeben und nicht interessiert war, hatte nichts genützt.

»Hast du vielleicht noch Lust auf einen Abstecher? Ich kenne hier eine ziemlich schöne Stelle. Liegt fast auf dem Weg und die kennst du bestimmt noch nicht. Ist ein Geheimtipp. Ich zeig's dir.«

»Nein, danke, ich will nur heim.«

»Ich würde dich natürlich kostenlos fahren. Wir machen es uns ganz nett.«

»Hören Sie, ich mach es mir gleich daheim nett. Ich möchte, dass Sie auf direktem Weg zu der Adresse fahren, die ich Ihnen gegeben habe. Falls Sie das nicht schaffen, lassen Sie mich hier besser raus.« Sibylle atmete schnell und flach. Ihre Hand krallte sie in das Sitzpolster.

Er nickte und blieb still.

Sibylle sonnte sich in ihrem Sieg. Zwar schlug ihr das Herz noch bis zum Hals und ihre Finger löste sie zittrig vom Polster, an dem sie Halt gesucht hatte, aber sie war froh, sich behauptet zu haben. Die Reifen rollten hörbar über den Asphalt und sie genoss die Gesprächsstille, die gerne die letzten Kilometer bis zu Hause andauern durfte. Ihr Fuß wippte nervös und erinnerte sie daran, dass eben noch nicht alles gut war. Sie schaute zur Uhr und dem Taxameter und versuchte einzuschätzen, wie viele Minuten sie noch hier mit ihm würde sitzen müssen. Noch war sie nicht zu Hause, noch war sie dem Mann ausgeliefert. Aber er hatte genickt!

Erst als er bei der Tankstelle abbog statt weiterzufahren, erkannte Sibylle, dass sie doch nicht gewonnen hatte. Sie schluckte und verdrängte das Gefühl, zu fallen, so gut sie konnte. »Gibt es ein Problem mit dem Auto?«, fragte sie. Ihre Stimme zitterte nicht. Sie hörte sich auch nicht verängstigt an, sondern genervt, ganz so, wie sie es wollte. Aber der Kloß in ihrer Kehle fühlte sich unangenehm an.

»Nein«, sagte der Taxifahrer schlicht und drehte den Schlüssel im Zündschloss, sodass der Motor ausging. Die Lichter schaltete er erst danach aus. Ihr wurde klar, dass er das öfter machte. In der Zentrale würde sich niemand wundern, falls er für eine Weile nicht erreichbar war. Sibylle verzog das Gesicht bei dem Gedanken daran, dass er später mit dem prahlen würde, was er getan hätte. So weit wollte sie es unter keinen Umständen kommen lassen.

Wut explodierte in Sibylles Bauch. Glaubte dieser Widerling etwa, dass er sie herumschubsen konnte? Sie war nicht sein Püppchen. Sie war niemandes Püppchen. Das würde sie ihm deutlich machen. »Was ist dann das Problem?«

»Ich dachte, ich zeig dir wenigstens die Tankstelle. Kurz die Füße vertreten. Wenn du schon meine geheime Stelle nicht sehen willst.«

Durch die Zweideutigkeit seiner Wortwahl erlag sie fast dem Verlangen, den Kloß in ihrem Hals auszuwürgen und ihm in seine Fratze zu speien. »Dann zeig deine tolle Tankstelle mal her.« Falls sie sich wehren oder abhauen musste, hatte sie bessere Chancen, sich in der Tankstelle oder draußen davor gegen ihn zu wehren als in der Enge des Autos. Abhauen, überlegte sie. Nein, ich bin nicht die, die abhaut. Er wird sich wünschen, er hätte sein Maul gehalten. Wenn er es drauf anlegt, mache ich ihn fertig.

»Wusste ich es doch, dass du keine verstockte Prüde bist. Frauen wie du brauchen eben einen Schubs. Warst du hier schon mal?«

»Nur als sie noch in Betrieb war. Bin unzählige Male vorbeigefahren. Drinnen war ich seit der Schließung noch nicht.«

Er legte einen Arm um sie und führte sie hinter die Tankstelle. Sibylle schaute sich nach einer möglichen Waffe um, aber etwas Besseres als ihren Haustürschlüssel hatte sie vorerst nicht. Sie würde nicht zögern und ihm die Spitze ins Auge bohren, wenn es nötig wäre. Fast hoffte sie ein bisschen darauf, weil sie einerseits wissen wollte, wie sich das anfühlte, und weil sie ihm andererseits zeigen wollte, dass er sich Frauen nicht aufzudrängen hatte. Und ihr selbst schon zehnmal nicht.

»Schön, dass du es dir anders überlegt hast. Du wirst es nicht bereuen.«

»Deinem Charme kann man halt nicht lange widerstehen«, sagte sie. So dämlich, wie der Taxifahrer daraufhin grinste, glaubte er ihr. Glaubte, was er gerne hören wollte. Fast hätte sie laut losgelacht.

Er drückte an der Tür herum, bis sie aufging, knipste seine Taschenlampe an und ließ Sibylle hinein. Sie schluckte schwer, als ihr bewusst wurde, dass sie soeben ihre beste Chance verpasst hatte, um wegzurennen. Aber das war nicht das, was sie wollte. Adrenalin strömte durch ihren Körper, als würde sie statt der Tankstelle einen Boxring betreten und einem Faustkampf entgegensehen. Der Typ unterschätzte sie maßlos. Sibylle genoss es, ihn in der Hand zu haben.

Die beiden schlenderten eine Runde durch die Tankstelle, die Sibylle nicht ungenutzt ließ. Während er sich aufspielte und ihr irgendwelche Geschichten erzählte, hob sie etwas vom Boden auf, das sie als nützlich erachtete. Die Scherbe passte gerade so in ihre Hand, dass sie diese vor ihm verbergen konnte. Im Kassenbereich blieb er stehen, stellte seine Taschenlampe auf dem Boden ab, dass der Lichtkreis die Decke anstrahlte, und lehnte sich an der Theke an, auf der einstmals die Kasse gestanden hatte. »Jetzt zu dir, Süße«, sagte er, trat dicht an sie heran und strich ihr mit dem Finger über die Wange. Sibylle schüttelte es vor Ekel, aber er grinste, als verstünde er es fälschlicherweise als Begehren. »Ich wusste, dass wir uns eine schöne Zeit machen können. Ihr Frauen müsst euch nur mal locker machen. Und manche von euch begreifen das erst spät.«

Irgendetwas in Sibylle rastete aus. Sie vergaß ihren Plan, ihn in Sicherheit zu wiegen. »Wie dumm bist du eigentlich?«, schrie sie ihn an. Der Taxifahrer machte große Augen und verstand nicht, was ihm da geschah. »Wer hat dir ins Hirn geschissen, dass du nicht einmal verstehst, wenn eine Frau Nein zu dir sagt? Ich habe kein Interesse an dir und ich kann mir nicht vorstellen, dass es irgendeinem menschlichen Wesen da anders geht!«

Er hob die Hände. »Komm schon. Reg dich ab. Bist du eine von diesen Feministinnen-Schlampen?«

»Ich weiß nicht, vielleicht schon. Auf jeden Fall habe ich etwas dagegen, von einer schleimigen Mistkröte wie dir bedrängt zu werden. Wir machen jetzt Folgendes: Du gibst mir den Schlüssel für dein stinkendes Taxi und ich fahr selbst heim. Du legst dich derweil in den Kofferraum. Zu Hause lasse ich dich raus. Du steigst ein, ohne mich auch nur ein einziges Mal anzugaffen, und gibst Vollgas. Wenn ich deine dreckige Fresse in meinem Leben noch einmal sehe, vergesse ich mich und du wirst dir wünschen, dass deine Mami dir das Gesicht abgeschnitten und dich anschließend im Keller als Monster gefangen gehalten hätte, du widerlicher verfickter Bastard.«

»Alte, komm mal runter, du bist ja komplett irre.«

»Du ahnst ja nicht, wie irre.«

»Aber auf gar keinen Fall geb ich dir den Autoschlüssel. Du fährst mir noch mein Taxi zu Schrott, du irre Schlampe. Außerdem kann man vom Kofferraum aus einen Hebel ziehen, dann klappt die Rücksitzbank um.« Sibylles Irrtum bezüglich des Kofferraums als Gefängnis brachte ihn in Fahrt. »Du musst nur ordentlich rangenommen werden, dann stimmt es bei dir da oben auch wieder. Bringt das dein Mann nicht, hm? Soll ich dir mal zeigen, was ein richtiger Mann …« Seine nach ihr ausgestreckten Hände schossen zu seiner Kehle. Um nichts in der Welt hätte Sibylle zugelassen, dass er sie noch ein einziges Mal berührte. Mit einer so schnellen und kraftvollen Bewegung, wie es ihr möglich gewesen war, hatte sie die Scherbe benutzt, um seine Haut zu zerfetzen. Kaum hatte sie mit der Glasscherbe sein Fleisch aufgeschlitzt, war ihr Blut entgegengespritzt, das sie sich lächelnd aus dem Gesicht wischte.

Seine Lippen öffneten und schlossen sich noch, aber es kamen endlich keine lästigen Worte mehr aus seinem Mund. Seine Augen schauten fassungslos und Angst stand in ihnen geschrieben. Blanke Todesangst, die sie sich gerne in ein Einmachglas gefüllt hätte, um immer wieder davon zu kosten. Sie versuchte das Bild in ihrer Erinnerung zu konservieren, es aufzusaugen und sich einzuverleiben. Das geschah mit denen, die sich ihr in den Weg stellten. Nie hatte sich Sibylle mächtiger gefühlt als jetzt, wo ihr das Blut dieses Bastards entgegenspritzte. Wo er ihr doch gerne andere Körperflüssigkeiten aufgedrängt hätte, nahm sie sich, was sie wollte: sein Blut und seinen Tod.

Sibylle konnte im Licht der Taschenlampe, die er auf der Theke abgestellt hatte, beobachten, wie er blass wurde. Es genügte ihr nicht, ihm die Kehle aufgeschlitzt zu haben. Sie packte die Glasscherbe fester, sodass ein süßer Schmerz durch ihre Handfläche ihren Arm hinauf pulsierte. Sie presste ihre Lippen aufeinander und stach ihm die Glasscherbe in den Hals. Sie spürte, wie das scharfe Glas alles teilte, was ihr entgegenstand. Haut, Blutgefäße, Sehnen und Fleisch waren kein Hindernis. Die Scherbe wurde schlüpfrig, aber sie umklammerte sie fester und stach weiter zu, bis er zusammenbrach. Erneut wischte sie sich das Gesicht sauber, auch wenn sie sein Blut gerne wie eine indianische Kriegsbemalung auf ihrer Haut gelassen hätte. Ihr Lächeln blieb ihr. Und die Scherbe.

Zuletzt trat sie gegen die Taschenlampe, sodass sie in eine Ecke flog und dort nach einem Klirren ausging. Sibylle verließ die Tankstelle mit großen Schritten und ohne sich noch einmal umzudrehen.

»Fertig«, sagte sie zu Lars und erhob sich. Sie wackelte mit dem Schlüsselbund des Taxifahrers in der Luft herum, sodass die Schlüssel klimperten.

»Hat er dir etwa deinen Schlüssel weggenommen, als er übergriffig wurde?«, fragte Lars.

»Ja, er hat …«, sie starrte mit dem, was sich nach einem überraschten Gesicht anfühlte, zur Tür. »Lars, kennst du den da? Wer ist das?« Sie gab sich Mühe, ihre Stimme möglichst erschrocken, ja ängstlich klingen zu lassen. Tatsächlich drehte Lars sich um und behielt sie nicht im Blick, wie sie es befürchtet hatte. Sie nahm die Scherbe aus der Jackentasche, die ihr schon einmal hilfreich gewesen war, griff sie so fest, dass sie sich schmerzhaft tief in ihre bereits verletzte Handfläche grub. So heftig, wie sie konnte, rammte sie Lars die Scherbe seitlich in den Hals.

Lars taumelte zurück. Seine Hand tastete nach der Glasscherbe, die bestimmt fünf Zentimeter in seinem Hals steckte, und er schaute Sibylle mit weit aufgerissenen Augen an. Ihm entfuhr ein Wimmern. Dann zog er die Scherbe heraus, was sich für Sibylle als glücklicher Fehler erwies. Mehr und mehr Blut wurde aus der Wunde gepumpt, spritzte daraus hervor und zog eine Spur seinen Hals hinunter, die unter seiner Jacke verschwand. Sie wich ein kleines Stück zurück, was genügte, damit sie nicht erneut von einem Schwall im Gesicht getroffen wurde.

Wäre das Licht besser gewesen, hätte sie ihn erbleichen sehen wie den Taxifahrer. Er presste eine Hand auf seinen Hals und streckte seine andere, die die Scherbe hielt, nach ihr aus. Aber Lars griff nicht an, sondern wollte sich nur gegen sie verteidigen. Es gelang ihm noch, drei Schritte von ihr zurückzuweichen, dann rutschte er im Blut aus und fiel hin.

Sibylle wusste nicht, wessen Blut ihn zu Fall gebracht hatte, ob es sein eigenes oder das des Taxifahrers war, aber sie wusste dafür umso besser, wann es zu handeln galt. Sie stürmte auf ihn zu und trat ihm gegen die Hand, in der er die Scherbe hielt. Er war damit entwaffnet und das Knirschen seiner Knochen ließ sie vermuten, dass seine Hand nun ebenfalls verletzt war, vielleicht hatte sie sie ihm sogar an mehreren Stellen gebrochen. Nach einer Schocksekunde versuchte er zwar, ihre Füße festzuhalten, aber er konnte sie nicht schnappen. Sibylle trat erneut nach ihm. Nach einigen Versuchen traf sie seinen Kopf wie einen Fußball, der in diesem Fall allerdings nicht wegrollen wollte. Erst einmal, dann zwei- und dreimal wiederholte sie ihren Angriff, bis er ohnmächtig wurde. Einen weiteren Tritt steckte er reglos ein, was sie überzeugte, dass er nicht schauspielerte.

Sibylle wollte es aber nicht ihrem Glück überlassen, dass er verblutete. Sie wollte sichergehen. Im Gegensatz zum Taxifahrer verspürte sie keinen Ekel dabei, Lars anzufassen. Das machte es ihr deutlich einfacher, ihn umzubringen. Da sich die Scherbe nicht dazu eignete, sie ihm ins Herz zu bohren, nahm sie das Glasstück vom staubigen Boden und schlitzte ihm stattdessen wie dem Taxifahrer die Kehle auf. So sollte die Natur ihren Lauf nehmen.

Sie packte Lars unter den Achseln und zog ihn neben den Taxifahrer. Sie musste das Risiko eingehen, dass er noch einmal zu einem Todeskampf aufwachte, denn sie wollte bereits draußen sein, wenn Hans und Mira zurückkämen.

Sie versuchte an ihrem Körper zu spüren, ob Lars sie gekratzt hatte, und verfluchte ein bisschen das Adrenalin, das es ihr erschwerte, sachte Schmerzen zu empfinden. Sie nahm nirgendwo ein Brennen wahr und ging deswegen davon aus, dass sie soweit unverletzt geblieben war, wobei sie sich nicht erinnern konnte, dass er es überhaupt versucht hatte.

Ihre nächste Sorge galt Fingerabdrücken. Aber auch hier war sie zuversichtlich, keine hinterlassen zu haben. Mit vor Konzentration zusammengekniffenen Augen schaute sie sich um. Zufrieden nickte sie.

Sie schleifte ihn keine zwei Meter in Richtung Theke, da stach es heftig in ihrem Rücken. Der Schmerz strahlte in Wellen von der Lendengegend hinauf und hinab, aber Sibylle biss die Zähne aufeinander. Grelle Blitze zuckten vor ihren Augen und sie krächzte und stöhnte wie zuletzt bei der Geburt ihrer Tochter, bis sie den inzwischen leblosen Körper von Lars endlich dort hatte, wo sie ihn haben wollte. Sie ließ Lars einfach fallen. Sein Rumpf landete auf den Beinen des Taxifahrers, was ein seltsames Geräusch verursachte.

Sibylle fand es weder unheimlich noch ekelhaft, sondern allenfalls unangenehm. Ausführlich reckte und streckte Sibylle ihren Rücken, ohne auf die beiden Leichen zu achten, die nur ihretwegen auf dem schmutzigen Boden lagen. Der Schmerz ebbte ab und Sibylle seufzte genüsslich.

Morgen mache ich einen Termin für die Krankengymnastik, dachte sie. Und dieses Mal gehe ich wirklich gewissenhafter hin, auch wenn mich Frau Zimms noch so nervt. Ist halt doch nötig. Ich werde alt.

Mit dem Fuß schob sie noch ein letztes Mal Lars zurecht, bis sie ihn in die ihrer Meinung nach perfekte Lage gebracht hatte.

Dann kam ihr ein Gedanke: Wenn ich die Leichen nicht hier drinnen lasse, sondern im Wald verstecke, könnten Wildtiere sie fressen. Sie schaute von den Körpern zur Tür, streckte noch mal ihren Rücken und beschloss, dass sie das heute Nacht nicht unbemerkt würde machen können. Hans und Mira kämen jeden Moment zurück. Sie würde in der nächsten Nacht wiederkommen müssen, wenn sie ihr Vorhaben in die Tat umsetzen wollte.

Morgen früh, bei einer Tasse Kaffee und einem Toast mit Marmelade würde sie eine Entscheidung treffen, ob sie das Risiko eingehen sollte, hierher zurückzukommen. Vielleicht würde es sogar genügen, die Tür zu öffnen, damit die Tiere hereinkommen und sich satt fressen konnten. Zunächst galt es aber, dafür Sorge zu tragen, dass niemand die beiden in der Tankstelle fand.

Sie verließ das vernachlässigte Gebäude, verschloss die Tür, so fest sie eben konnte, und setzte sich vor die Zapfsäulen. Sie wollte ihren Rücken schonen, damit später möglichst niemand eine Veränderung an ihr feststellte. Wenn sie jetzt mit dem Taxi verschwinden würde, hätte sie den restlichen Ablauf der Nacht nicht mehr unter Kontrolle. Mira und Hans würden garantiert in die Tankstelle hineingehen, um sie und Lars zu suchen. Sie streckte erneut ihren Rücken durch und ein Krächzen entfuhr ihr. Außerdem war sie sich nicht sicher, ob sie mit ihren Rückenschmerzen die Pedale bedienen konnte, ohne einen Unfall zu bauen und das Auto zu Schrott zu fahren. Vorrangig war für sie aber, hierzubleiben und ihr Geheimnis zu hüten.

Sibylle biss die Zähne fest aufeinander. Auf der Zielgeraden aufzugeben war nicht ihr Ding.

Nach wenigen Minuten fuhr Mira vor. Sie parkte Lars' Auto neben dem Taxi und Sibylle setzte ihr besorgtes Gesicht auf.

Kaum waren der Förster und Mira ausgestiegen, fragte sie: »Habt ihr ihn unterwegs getroffen?«

FÜNFZEHN.

Ein begehrtes Auto

Elias

Elias und Egon unterhielten sich angeregt, während Jule und Flo vor ihnen herliefen und sich wie so oft freundschaftlich zankten.

»Was findet man eigentlich so in diesen Caches, die ihr sonst sucht?«, fragte Egon.

»Du meinst, wenn wir nicht auf Hexenjagd sind und dann über eine kaltblütige Mörderin stolpern?« Elias fuhr sich durch die Haare. »Normalerweise sind da …«

»Hexenjagd?«, unterbrach ihn Egon lachend. »Seid ihr dafür nicht zu alt?«

»Das hat sich eher zufällig ergeben. Das Cache liegt hier irgendwo und als wir gemerkt haben, dass wir im Langenbaarer Forst sind, haben wir uns entschieden, stattdessen nach dem Grabstein zu suchen. Du kennst doch die Sagen um die tote Hexe?«

Egon verzichtete auf eine Antwort und Elias nahm an, dass er genickt hatte, was ihm in der Dunkelheit aber entgangen war. Jeder hier kannte die Geschichten um Dorethe Wagner. Jeder hörte von den Leichen, die hin und wieder gefunden wurden. Der Boden war steinig und einige Wurzeln ragten herauf, sodass Egon seine Aufmerksamkeit auf den Boden gerichtet hielt. »Habt ihr das Grab denn gefunden?«

»Ja, ein eher schlichter Stein, fast zugewachsen vom Gestrüpp. Und warm.« Elias dachte daran, dass er den Stein nur warm gefunden hatte, weil seine Freunde vor ihm ihre Hände darauf gelegt hatten, aber dieses Detail musste er dem Busfahrer ja nicht unbedingt verraten.

»Komm schon, du veräppelst mich doch. Warum sollte der warm sein? Stand ihr Name drauf?«

»Kaum leserlich, aber ich glaube, ihre Initialen D und W waren schon eingraviert. Klingt nicht besonders unheimlich, oder?«

»Meine Oma hieß Dorothea, also fast wie die Hexe.« Egon stieß ein leises Lachen aus. »Die Frau hat die besten Pfannkuchen der Welt gemacht. Und ihre Plätzchen erst. Ich hab am ersten Advent immer eine Dose ganz für mich allein bekommen und direkt am ersten Tag so viel davon gefuttert, bis ich Bauchweh hatte. Eine Schande, dass meine Frau nicht backen kann. Aber Braten macht sie wie keine Zweite.« Kurz liefen die beiden schweigend nebeneinander her, bis Egon fragte: »Sind die beiden da vorne noch auf dem richtigen Weg?«

»Ja, das Auto müsste gleich vor uns auftauchen.« Elias war sich nicht sicher, ob seine Aussage der Wahrheit entsprach. Es fiel ihm schwer, in der Dunkelheit die Strecken einzuschätzen. Viel mehr hatte ihn jedoch das Gespräch mit Egon über das Hexengrab abgelenkt. Sein Gehirn hatte still vor sich hingearbeitet, als gäbe es ein Rätsel zu lösen. Und dann ergab plötzlich alles Sinn. Als die Wörter aus seinem Mund sprudelten, wurde es ihm dann selbst klar, was er von sich gab: »Leute, was, wenn Sibylle von der Hexe besessen ist und darum ihren Taxifahrer umgebracht hat? Vielleicht ist die ja sonst ganz nett.«

»Siehste, ich bin nicht die Verrückte von uns dreien«, sagte Jule zu Flo.

»Besessen?«, wiederholte Flo und Egon gluckste ein bisschen dazu.

Elias zog den Kopf ein Stück zwischen den Schultern ein. »Ja, in meinem Kopf hat sich das eben noch anders angehört. Viel schlüssiger. Irgendwie hat der Gedanke mich mitgerissen. Als hätte ich ein Rätsel gelöst, aber so laut ausgesprochen klingt das völlig daneben.«

»Du bist der Hexe auf die Spur gekommen. Jetzt wird sie dich holen und in den dunklen Wald verschleppen, sodass dich niemals jemand finden wird. Vielleicht wächst ja ein Baum um dich herum und du bist ewig unter der Rinde gefangen.« Flo lief gerade warm. Er war der Bücherwurm der Freunde. Im Gegensatz zu Elias, der Comics bevorzugte, verschlang Flo selbst die dicksten Wälzer. Er war es deswegen auch, der die anderen beiden regelmäßig mit Gruselgeschichten versorgte.

Am liebsten wäre Elias näher zu seinen Begleitern hingerückt. Natürlich wusste er, dass Hexenflüche und dergleichen nicht existierten. Aber nachts im Wald, umgeben von Finsternis und merkwürdigen Geräuschen, rang seine Fantasie mit seiner Vernunft einen harten Kampf. Noch stand nicht fest, wer unterliegen würde. Wenn er ehrlich zu sich war, dann war seine Angst enorm geworden. Als er mit dem Leichnam in einem Raum eingesperrt gewesen war, hatte sie aus jeder seiner Poren getroffen wie Schweiß – oder Blut. Er hatte sie zwar beiseitegeschoben, ein bisschen ausgeknockt, aber ganz losgeworden war er sie nicht. Und nun genügten ein paar dahergesagte Sätze seines Kumpels, dass er sich verloren und hilflos fühlte und wünschte, er wäre zu Hause in der Sicherheit seines Zimmers, wo ihn seine Eltern bevormundeten, soweit sie es noch konnten.

Nun war seine Angst zurück und sie war stärker denn je. Nicht nur vor seinen Freunden wollte er bestehen, sondern auch vor sich selbst. Der Waldboden fühlte sich sumpfig an, als würde er seine Schuhe festhalten, um ihn daran zu hindern, weiterzugehen und ihn zu verlassen. Als wollte er Elias festhalten, bis die Hexe käme. Damit sie ihn holen konnte. Oder als wollte er ihn selbst verschlucken und bei der Hexe wieder auswürgen. Ich Schisser hab nur zittrige Knie, redete sich Elias innerlich gut zu. Der Boden ist die ganze Zeit schon matschig. Mehr nicht. Mit jedem Schritt blieb mehr Schlamm an seinen Schuhen hängen und Schritt für Schritt wurde die Last an seinen Füßen größer und jeder Tritt wurde rutschiger. Immer mühseliger schleppte er sich voran, bis er den Matsch von seinen Schuhsohlen an einigen Ästen und Wurzeln am Boden provisorisch abstreifte. Alles nur Einbildung!

»Habt ihr das gehört?«, fragte Jule und blieb einen Moment wie angewurzelt stehen. Dann sprintete sie los. »Da ist jemand an meinem Auto!«, rief sie voller Entsetzen.

Obwohl Elias ihre Reaktion reichlich übertrieben für die alte Karre fand, die ohnehin jederzeit ihren Geist aufgeben konnte, rannte er neben Flo hinter Jule her. Die Ablenkung kam ihm gelegen. Die drei hatten sich früher stets gemeinsam geprügelt. Sie waren ein eingeschworenes Team, das zuerst zusammenhielt und erst später über gegebenenfalls abweichende Meinungen sprach.

Flo und Elias schlossen zu Jule auf und hängten damit Egon ab. Nun konnten auch sie die zwei Gestalten an Jules Auto erkennen: eine davon saß auf dem Fahrersitz und die andere hockte zwischen offener Tür und Fahrersitz auf dem Waldboden. Beide drehten sich gerade zu ihnen um.

»Die da wollen mein Auto klauen. Ich fass es nicht: Die haben es schon aufgeknackt!« Jules Stimme überschlug sich. »Hey, ihr, weg von meinem Auto!«

Der Mann in der Hocke erhob sich und streckte die Hände wie ein entwaffneter Cowboy in die Luft. Er war ziemlich dünn, sehr zerzaust und wirkte recht betrunken, wie er im Stand vor und zurück schwankte. Auch der Mann im Auto wirkte überrascht, aber nicht schuldbewusst.

Einen Meter vor ihnen blieben die Freunde stehen. Jule ballte ihre Fäuste. Egon kam hinter ihnen angetrabt. Der jüngere und zumindest etwas gepflegtere Mann stieg aus dem Auto. Auch er wirkte nicht nüchtern, aber immerhin deutlich klarer als sein Kollege.

»Sorry. War echt nich' bös gemeint. Haben gedacht, dass keiner mehr die Karre braucht«, entschuldigte sich Letzterer und zuckte mit den Schultern, statt wie der Dünne die Hände zu heben. »Wir wollten machen, dass wir wegkommen. Haben an einem Hochsitz 'ne Leiche baumeln sehen und da machen wir uns lieber aus dem Staub.«

»Eine Leiche?«, wiederholte Flo. »Von einem Menschen?«

Beide nickten.

Jule entspannte sich trotz dieser schrecklichen Neuigkeit ein wenig, da ihr Auto nicht länger in Gefahr war, sagte aber mit donnernder Stimme – zumindest so donnernd, wie sie es eben vermochte: »Ich brauche die Karre allerdings noch. Scheiße, habt ihr was kaputt gemacht? Ihr könnt doch nicht rumlaufen und Autos knacken.«

»Ne, vielleicht ein kleiner Kratzer, aber der fällt nicht weiter auf«, sagte der Klare und der Dünne fügte hinzu: »Die Verkleidung unterm Lenkrad kannste einfach wieder dranstecken. Ist fest, wenn es geklickt hat.«

»Na, aber danke auch für den freundlichen Tipp.« Jule fuhr mit der Hand über die Stelle, wo das Seitenfenster in die Tür hineinglitt. Einen neuen Kratzer konnte sie anscheinend tatsächlich nicht entdecken, denn ansonsten hätte sie dies lauthals kundgetan. Elias hatte Mühe, nicht zu grinsen. Er fühlte sich wie im Laientheater, das außer Kontrolle geraten war.

»Und die Leiche? Lassen wir das Thema jetzt einfach so fallen, oder wie?«, fragte Flo.

»War halt ein Mann«, sagte der Nüchternere der beiden. »Aufgeschlitzt und ausgeweidet. Kein schöner Anblick. Müsste man melden.«

Elias hatte genug von Leichen. Diejenige im Hochsitz ging ihn nichts an und er war froh, dass die beiden das Thema ebenfalls gerne fallen ließen. Er hoffte, Flo würde nicht weiter nachbohren.

Noch immer atemlos und mit den Händen auf seinen Oberschenkeln abgestützt wollte Egon wissen: »Wo kommt ihr beide eigentlich her?« Elias hielt es für wahrscheinlich, dass sich der Busfahrer in den letzten dreißig Jahren nicht einmal schneller als in Schrittgeschwindigkeit bewegt hatte, so rot wie sein Gesicht nach den wenigen Metern angelaufen war. Er richtete sich auf. »Moment, Moment, seid ihr nicht bei mir im Bus mitgefahren? Dich da«, er zeigte mit dem ausgestreckten Finger auf den betrunkenen Dünnen, »hab ich auf jeden Fall schon mal gesehen.«

»Ja, wir haben uns lieber verpisst. Verkrümelt! Sorry, Leute. Da war doch dieser Mann mit dem dunkelblauen Mantel. Hat schon während der Fahrt ständig am Messer geleckt und als wir dann wegen der Panne ausgestiegen waren, um uns die Füße zu vertreten, bis es weitergeht, hat der uns so komisch angeguckt. Wir waren noch ganz freundlich zu ihm, manchmal muss man ja das Eis brechen, aber der wollte lieber für sich bleiben. Da haben wir geschaut, dass wir ihm aus dem Weg gehen.«

Der Klare ergänzte: »Genau. ›Werner‹, hab ich zu ihm gesagt, ›Werner, wir sollten machen, dass wir abhauen. Sonst kommen wir aus dem verdammten Wald gar nicht mehr weg.‹ Versteht ihr? Dann lieber zu Fuß heimlaufen. Und dann stand die Karre so verlockend und einsam da. Ich bin übrigens Mike.« Mike und Werner nickten beide die Geschichte ab und die Sache mit dem Beinahe-Autodiebstahl schien für sie erledigt.

Egon klang ein wenig verzweifelt, als er fragte: »Aber warum seid ihr nicht einfach beim Bus geblieben?«

»Manchmal haben wir halt so Ideen«, meinte Werner und schwankte stark nach rechts, fing sich aber mit einem Schritt zur Seite auf.

»Frische Luft tut ihm gut, hab ich gedacht«, erklärte dagegen Mike und zeigte mit dem Daumen auf Werner.

»Und wohin ist der Mann mit dem blauen Mantel verschwunden?«, wollte Egon wissen und stellte damit endlich die Frage, die auch Elias selbst am meisten interessierte und die er sonst selbst gestellt hätte.

Werner sagte: »Keinen Schimmer, wo der Messermann abgeblieben ist. Jetzt guck doch nicht mehr so böse, Mädel, wir wollten dich nicht absichtlich beklauen.«

»Ja, Mädel«, sagte Flo, ohne sich ein Grinsen verkneifen zu können, »guck doch nicht so dämlich aus der Wäsche.«

»Kannst mich mal, Flo, echt.«

Egon fuhr sich über die Stirn. Kurz zupfte er am Verband herum. »Na ja, jetzt, wo zumindest ihr wieder aufgetaucht seid, fühle ich mich für euch verantwortlich. Meinst du, du kannst uns zum Bus zurückfahren, Jule?«

»Ja, zum Glück habe ich ja noch ein Auto und es wurde mir nicht entwendet. Dann spiele ich gerne die Fahrerin.«

Elias sagte: »Jetzt sei doch nicht mehr eingeschnappt, ist doch alles gut gegangen. Aber wir sollten die anderen wegen Sibylle warnen. Nicht, dass es zu lange dauert, bis wir die Polizei gerufen haben und die anrücken. Und dass dazu noch dieser Manteltyp durch den Wald schleicht, sollten sie auch dringend wissen.«

»Lars weiß doch Bescheid«, sagte Flo, schaute dann aber beunruhigt zu Boden.

»Von Sibylle«, ergänzte Jule.

Elias zuckte mit den Schultern. Er hatte ein übles Gefühl und ein schlechtes Gewissen, dass er sich aus dem Staub gemacht hatte. »Er ist auf sich gestellt und wirkte ziemlich erschüttert.«

Seinen Freunden passte es nicht, aber sie gaben sich geschlagen.

»Wir kommen mit«, entschied Egon. »Bringt ja auch nichts, am Bus herumzustehen, wenn eh kein Abschlepper unterwegs ist.«

»Klar, wir sind dabei«, sagte Mike. »Aber was hat es mit dieser Sibylle auf sich?«

Werner wackelte mit seinen Augenbrauen. »Klingt nach einer Nymphomanin, wenn du mich fragst.«

Mike stieß Werner freundschaftlich in die Rippen. »Du immer mit deinen Nymphomaninnen«, murmelte er.

»Leider nicht«, sagte Egon und erzählte, was sie in der Tankstelle beobachtet hatten.

»Krass, ihr wart mit einer Leiche eingesperrt? Im Dunkeln?«

»Fuuuck«, stimmte Mike dem Erstaunen seines Kollegen zu.

Die sechs quetschten sich in Jules Auto. Flo nahm auf Elias' Schoß Platz und murmelte: »Nutz die Situation ja nicht aus, Alter. Und wehe, jemand erfährt davon!«

Amüsiert gab Elias zurück: »Keine Sorge, es gibt bestimmt hundert Leute, die ich lieber auf meinem Schoß sitzen hätte. Deine Mutter zum Beispiel.«

Jule lachte. »Du kriegst höchstens seine Oma, seine Mutter steht schon auf mich.«

»Ihr seid elende Pisser, alle beide.« Elias sah es nicht, aber er konnte das Lächeln in Flos Stimme hören.

SECHSZEHN.

Vermisst!

Mira

Mira hätte schwören können, genau zu spüren, wie ihre inneren Organe von der einen Sekunde auf die andere zu Eis erstarrten. Fest und kalt lagen sie unter ihren Rippen und der Bauchdecke. Gleichzeitig bewahrte sie ein letzter Hoffnungsfunke davor, komplett zu Eis zu gefrieren. Sie musste sich verhört haben. »Wie, er ist in den Wald gerannt? Wir haben Lars nicht gesehen. In welche Richtung ist er denn gegangen?«

Sibylle deutete wortlos auf den der Tankstelle gegenüberliegenden Wald hinter der Landstraße.

»Aber er wäre doch nicht ohne mich weggegangen. Was will er denn im Wald?«

»Er hat gemeint, die Jungs gehört zu haben, und ist ihnen hinterhergestürmt. Einerseits wollte er bestimmt wissen, warum sie Egon losgemacht haben, und andererseits wollte er möglicherweise verhindern, dass sie sich verirren.«

Hans tippte sich ans Kinn. »Sie haben selbst hergefunden. An den Weg zurück zu ihrem Auto erinnert sich bestimmt mindestens einer von ihnen. Sind ja wie ich aus der Gegend und keine kleinen Kinder mehr.«

»Das ergibt doch keinen Sinn. Ich verstehe das nicht«, sagte Mira und hörte selbst die Panik in ihrer Stimme. Sie zwang sich, durchzuatmen und in Ruhe nachzudenken, was Lars gemacht haben konnte und wie sie damit umgehen sollte. Auf jeden Fall musste sie hier auf ihn warten. Dass sie zur Tankstelle zurückkäme, war besprochen. Aber warum hätte er in den Wald verschwinden sollen? Vielleicht hatte er gedacht, dass er vor ihr zurück wäre und sie von seinem Ausflug gar nichts mitbekam. So musste es gewesen sein. Hatte er sich womöglich selbst verirrt? Das glaubte Mira wiederum nicht. Bei allen gemeinsamen Spaziergängen und Wanderungen hatte er nicht nur Abenteuergeist, sondern auch einen hervorragenden Orientierungssinn bewiesen. Sie war schlichtweg ratlos.

»Was jetzt?«, fragte sie. Sie hasste das, was ihr Bauchgefühl ihr einzuflüstern versuchte, nämlich, dass es ganz besonders übel gekommen war. Ging man nicht immer direkt vom Schlimmsten aus? Mira vermied es, sich Schreckensszenarien auszumalen, was Lars im Wald alles zugestoßen sein konnte, aber einzelne Bilder flackerten in ihren Gedanken auf, ohne dass sie etwas dagegen tun konnte. Eins davon betraf eine alte Hexe mit nur noch vereinzelten grauen Haarbüscheln auf dem sonst kahlen Schädel, deren Gesicht – oder was davon noch übrig war – von Warzen überwuchert war. Ihre faulen Zähne spuckte sie Stück für Stück aus. Sie hatte ihre knochigen Klauenfinger um Lars' Kehle gelegt und ein schwarzes Aderngeflecht überzog sein sterbendes Gesicht.

Mira blinzelte hastig.

»Hast du deinen Schlüssel gefunden?«, fragte Hans, an Sibylle gewandt.

Diese nickte.

»Normalerweise hätte ich dich jetzt heimfahren können, aber du verstehst es sicher, dass ich Mira hier nicht alleine stehen lassen möchte. Ich schlage vor, wir warten gemeinsam auf Lars. Der taucht doch garantiert jeden Moment zwischen den Bäumen auf. Hältst du noch durch?«

Erneut nickte Sibylle und seufzte leise. »Was, wenn er sich verirrt hat?«, fragte sie schließlich. »Sollten wir ihn nicht suchen gehen?«

»Lars verirrt sich nicht. Dann wäre ja keiner da, wenn er zurückkommt.« Mira spürte Wut in sich aufwallen. Sie genoss diese Empfindung, die die elende Hilflosigkeit verdrängte, und gab sich ihr hin. »So finden wir uns nie! Allein, dass er zu diesem schwachsinnigen Streifzug aufgebrochen ist, passt gar nicht zu ihm.«

»Warten wir erst mal ab«, sagte Hans und streckte seinen Rücken durch. »Hätte ja nicht gedacht, dass heute so viel im Forst los sein würde.«

»Ich laufe eine Runde um die Tankstelle herum«, sagte Mira und machte sich mit geballten Fäusten auf den Weg.

Sibylle richtete sich kerzengerade auf. »Ich begleite dich.«

Mira drehte sich noch einmal um. »Nein, danke, ich wäre gerne kurz allein.«

»Falls du in die Tankstelle rein willst, sag Bescheid. Wir haben die Tür ziemlich fest zugemacht, ich kann dir gerne helfen, sie aufzubekommen.«

»Das ist nicht nötig. Ich geh nicht rein, nur außen herum. Kurz mal verschnaufen.« Als sie endlich aus der Sichtweite von beiden war, lehnte sie sich an die seitliche Tankstellenwand an. Ihr Herz klopfte wie verrückt. Sie verstand nicht nur Lars nicht, sie verstand auch sich selbst nicht. Es war ungewöhnlich und sie hätte nicht damit gerechnet, dass er verschwinden würde. Aber ihre Reaktion darauf konnte sie selbst nicht begreifen. Eine gewisse Beunruhigung wäre angebracht, aber nicht diese Panik, die sie innerlich erstarren ließ. Und nun diese unbändige Wut. Sie war normalerweise nicht der Typ, der zu Überreaktionen neigte.

Nachdem sie einige Male durchgeatmet hatte und ihr Gefühl nicht wirklich besser geworden war, richtete sie sich auf, weil ihr die Kälte über die Mauer in den Rücken einsickerte. Sie schaute zu den Bäumen. Schon nach zwei oder höchstens drei Metern standen sie so dicht, dass sie nichts mehr dahinter erkennen konnte. Jemand könnte dort stehen und sie beobachten und sie würde es nicht einmal bemerken. Den Reißverschluss ihrer Jacke zog sie ein paar Zentimeter höher. Da ist niemand, sagte sie sich. Außer Lars, hoffentlich. In dieser Nacht war nicht Platz für noch mehr Irre oder Mörder, fand sie. Dennoch konnte Mira die Vorstellung nicht abschütteln, wie sich jemand Lars hinterrücks näherte, um ihn aufzuschlitzen.

Angst kroch ihr den kalten Rücken hinauf und lief ihr in einem Schauer den gesamten Körper wieder hinunter. Vielleicht stand ein Wahnsinniger nur wenige Meter vor ihr und Lars' Blut troff noch von seinem Messer, seiner Axt oder was er sonst bei sich haben mochte. Mira setzte sich in Bewegung, um die Umrundung der Tankstelle abzuschließen.

Ihre Knie fühlten sich weich an und zuerst hastete sie die Rückwand entlang, an der Tür vorbei, aber als sie die andere Seitenwand erreichte, zwang sie sich, ihre Schritte zu verlangsamen. Sie wollte auf die anderen keinen abgedrehten Eindruck machen. Ihre Gedanken waren mit ihr durchgegangen. Vielleicht war ja Lars sogar inzwischen wieder aufgetaucht. Sie kam auch im dunklen Wald gut ohne ihren Freund klar, das stand für sie fest. Es passte einfach nicht, auf welche Weise er verschwunden war: nämlich ohne ein Wort zu sagen.

Als sie um die Ecke trat, war Lars noch nicht zurückgekommen, aber Hans und Sibylle diskutierten gestenreich miteinander.

»Jetzt mach dich nicht verrückt, der ist längst über alle Berge«, erwiderte Sibylle gereizt.

Fassungslosigkeit ballte sich wie eine Faust in ihrem Magen. »Willst du sagen, Lars ist abgehauen?«

Hans sprang ein, bevor Mira Sibylle weitere Vorhaltungen machen konnte. Bevor sie die Frau beschimpfen konnte, wie sie es gerne getan hätte. Mira konnte nicht fassen, was ihr einfiel, etwas derart Niederträchtiges von sich zu geben. Hans erklärte: »Sie hat das doch gar nicht so gemeint. Sibylle ist nur die Möglichkeiten durchgegangen, wo Lars sein könnte. Ich wollte ihr gerade selbst erklären, dass das nicht sein kann.«

»Also, ich weiß ja nicht, wie dein Mann so drauf ist, Sibylle, aber Lars würde mich hier niemals einfach so zurücklassen, während er einen Ausflug in den Wald unternimmt«, schob

Mira nach, bevor sie daran ersticken würde. Sonst war sie nicht so emotional und sie konnte sich selbst kaum in ihrem Verhalten erkennen, aber sie spürte, dass diese Situation anders als alles war, was sie kannte. »Warum soll er denn davonspazieren, ohne Auto? Wenn er mich schon loswerden will, warum hat er nicht gewartet, bis er sein Auto wieder zurückbekommen hat und braust dann ohne mich damit davon? Das ist die bescheuertste Erklärung, die ich je gehört habe.«

»Nein, bestimmt würde er nicht gerade heute Nacht mit dir Schluss machen. Trotzdem habe ich keinen Schimmer, wohin er gegangen ist«, verteidigte sich Sibylle halbherzig.

Hans schüttelte sichtlich überfordert den Kopf.

Sibylle hingegen wirkte eher genervt als besorgt oder erschüttert und Mira fragte sich nach den sprunghaften Änderungen in ihrem Verhalten, was mit dieser Frau überhaupt los war. Sie hatte aber Wichtigeres zu tun, als der Verrücktheit dieser Frau auf den Grund zu gehen. Vielleicht hatte sie schlichtweg irgendwelche emotionalen oder psychischen Probleme, die sie so seltsam machten. Oder es kam von dem Schock, den der Übergriff des Taxifahrers ausgelöst hatte. Mit diesen Erklärungsansätzen hakte Mira für sich zunächst Sibylles Verhalten ab.

»Und wenn wir uns aufteilen?«, fragte Mira. »Jemand bleibt hier, falls Lars zurückkehrt, und die anderen beiden gehen los und suchen nach ihm. Vielleicht braucht er unsere Hilfe.«

»Wir sind zu dritt«, sagte Hans. »Einer ist auf jeden Fall alleine bei deinem Plan.«

»Der, der an der Tankstelle bleibt, würde ich vorschlagen.«

»Da melde ich mich freiwillig«, sagte Sibylle mit aufwallender Begeisterung. »Ich wäre froh, mich hier kurz hinsetzen zu können. Wenn Lars endlich auftaucht, bin ich da. Dann könnt ihr zwei ihn in Ruhe suchen gehen. Du kennst dich hier ja ohnehin am besten aus, Hans.«

»Hast du auch keine Angst allein hier?«, fragte Hans, der sich offensichtlich um alle gleichzeitig kümmern wollte.

»Ich halte die Augen offen und verstecke mich notfalls. Ist wirklich kein Problem für mich. Nicht nach dem, was ich schon durchgemacht habe.«

Mira band ihre Sneakers neu. So vornübergebeugt verbarg sie ihre Grimasse, die sie nach Sibylles Worten schnitt. Dass es ihr so leicht fiel allein an der einsamen Tankstelle mitten im Wald zu bleiben, nachdem sie gerade heute schon einmal angegriffen worden war, kam Mira seltsam vor. Aber ihr war es recht, wenn sie zurückblieb, sodass sie selbst nach Lars suchen könnte.

Als Mira sich erhob, hörte sie ein Auto anfahren. Ein Kleinwagen, längst nicht mehr im besten Zustand, rollte heran und parkte auf der anderen Seite neben dem Taxi, als sie Lars' Auto abgestellt hatte. Darinnen waren einige Leute zu erkennen. Mira wusste nicht, ob sie auf das Auto zu rennen sollte, weil Lars sich darin befinden könnte, oder ob sie wegrennen sollte, weil vielleicht lauter Verrückte aussteigen würden. In dieser Nacht schien ihr alles möglich.

Die Stimmen der Insassen drangen gedämpft zu ihnen. Ihr Herz hüpfte und pochte wie verrückt. Noch war niemand zu erkennen, dann gingen die Türen auf. Nach und nach stiegen die Jugendlichen aus. Auch Egon erkannte sie. Dann wurde deutlich, dass ihr Freund nicht dabei war. Stattdessen aber zwei Fremde.

»Egon!«, rief Hans voller Erleichterung aus, als hätte er ein Kind wiedergefunden, das ihm abgehauen war. »Wo wart ihr nur?«

»Habt ihr Lars gesehen?«, fügte Mira hinzu. Sie fühlte sich wie betäubt, nachdem ihre Hoffnung auf Lars enttäuscht worden war.

»Lars? Nope«, sagte Jule. »Wo soll der denn sein?«

»Der hat euch eben gehört und ist euch wohl nachgelaufen.«

Jule machte ein ratloses Gesicht. »Wir waren ›eben‹ noch gar nicht in der Nähe. Wir sind vorhin losgelaufen und sind jetzt erst mit dem Auto zurück.«

Hilflos drehte sich Mira erst zu Hans, dann musterte sie Sibylle mit gerunzelter Stirn. Sie hatte behauptet, Lars wäre den Jugendlichen gefolgt.

»Auch egal«, sagte Flo und schaute Sibylle böse an, die die Lippen aufeinanderpresste und einen Schritt rückwärts machte. »Wir müssen euch was sagen.« Sibylles Hand verschwand in einer ihrer Hosentaschen.

Ein schmerzerfülltes Stöhnen drang zu ihnen. Alle drehten ihre Köpfe zur Tankstelle hin. Um die Ecke des Gebäudes trat ein mit Blut beschmierter Mann. Er stützte sich mit der einen Hand an der Wand ab, mit der anderen hielt er sich den Hals.

»Scheiße«, raunte Sibylle, was Mira nicht entging.

Der Mann wies mit dem Finger zu ihnen und brach dann zusammen. Zunächst stürzte er auf die Knie, aber er konnte sich nicht aufrecht halten und kippte um. Selbst an der Wand fand er keinen Halt und sackte weiter zusammen, bis er ausgestreckt auf dem Boden lag.

»Sie war das«, wiederholte Elias mehrfach und wurde immer lauter dabei, während er auf Sibylle zeigte.

Dann kam Bewegung in die Gruppe.

Alle eilten auf den Verletzten zu, während Hans und Egon zurückblieben und sich neben Sibylle stellten. Dabei wirkte das weniger wie Geleitschutz als vielmehr wie eine Bewachung.

»Stimmt das?«, fragte Hans und klang nicht nur erschüttert, sondern auch wütend, wie Mira fand. Fassungslos starrte sie Sibylle an. Mira verlor langsam, aber sicher den Glauben daran, einschätzen zu können, was noch alles in dieser unglaublichen Nacht geschehen konnte.

»Es war Notwehr. Der Mistkerl hätte mir sonst etwas angetan«, schrie Sibylle.

Mira schaute den schwer verletzten Taxifahrer verblüfft an. Sibylle hatte sie den ganzen Abend über angelogen.

Jule brachte ihr winziges Erste-Hilfe-Täschchen, aus dem Egon Verbandszeug nahm. Zwar hielt er es in der Hand, aber er wirkte ratlos, wo er bei all dem Blut beginnen sollte, und betupfte schließlich den Hals des Mannes. Flo reichte ihm seinen

Rucksack, damit der Taxifahrer seinen Kopf darauf ablegen konnte.

»Warum hast du nichts gesagt?«, fragte Hans, verstummte aber, als deutlich wurde, dass der Taxifahrer mit den Lippen versuchte Wörter zu formen.

Zunächst krächzte er nur unverständlich. Er rappelte sich ein wenig auf, wobei ein Zittern durch seinen Körper ging. Egon tupfte erneut an seinem Hals herum, ließ dann aber die Mullbinde entmutigt sinken. Der Taxifahrer holte tief Luft. »Die ist übergeschnappt«, presste der Mann mit rauer Stimme hervor. Seine Worte waren trotz der Pausen, die er sich nahm, beinahe unverständlich. »Hat mich einfach angegriffen. Wollte, dass ich verrecke.«

»Alles Lügen«, zischte Sibylle. »Ihr werdet dem doch nicht glauben. Als würde ich jemandem etwas tun, wenn es nicht unumgänglich wäre.« Sibylle blinzelte einige Tränen hervor. »Er wollte mich vergewaltigen. Vielleicht anschließend töten! Ich hatte solche Angst.«

Der Taxifahrer röchelte, spuckte ein bisschen Blut, von dem er ohnehin schon viel zu wenig im Leib hatte. »Drinnen. Da liegt noch einer. Ein junger Mann.«

Miras gesamter Körper kribbelte. Sie spürte Hände und Füße nicht mehr und glaubte kurz, sie würde ohnmächtig werden. Lars. Alle ihre Muskeln wurden weich und sie hatte kaum die Kraft, stehen zu bleiben.

In ihren Ohren rauschte es und nur irgendwo ganz weit weg hörte Mira, wie Elias sagte: »Sie muss Lars umgebracht haben. Wir waren mit euch drinnen in der Tankstelle und haben gehört, wie du ihm gedroht hast, Sibylle.«

»Wir müssen nachsehen gehen«, sagte Hans, stand aber weiter erstarrt da.

Mira schwankte. Sollte sie sich zunächst davon überzeugen, ob es wirklich Lars war, der tot in der Tankstelle lag, oder sollte sie direkt auf das Miststück einprügeln?

Sibylle musste an ihrem Gesichtsausdruck erkannt haben, was in ihr vorging, und hob die Hände. »Wie absurd ist das denn bitte? Wir haben uns ein wenig gezankt und dann ist er in den Wald gelaufen. Das schwöre ich hoch und heilig! Falls ihm etwas zugestoßen ist, hatte er im Dunkeln bestimmt einen Unfall. Oder aber es gibt einen zweiten Mörder. Ich meine, in dieser schrecklichen Nacht wundert es mich nicht sehr, wenn hier jemand sein Unwesen treibt.«

Mira konnte sich nicht rühren. Sie fühlte sich, als würde sie wie im Wachkoma zusehen, was hier geschah, konnte aber nicht eingreifen.

Der Taxifahrer hatte inzwischen seine Augen geschlossen. Seine Brust hob und senkte sich kaum noch. Egon rüttelte sanft an seiner Schulter und raunte ihm zu, dass er versuchen sollte wach zu bleiben, aber der Mann reagierte nicht.

In Mira drehte sich alles. Sie hatte keine Ahnung, wie sie dem Mann hätte helfen können. Sorge um Lars überlagerte jeden ihrer Gedanken und jedes ihrer Gefühle. Sie musste in die Tankstelle hinein und setzte einen ersten vorsichtigen Schritt in diese Richtung. Sie stand von allen am weitesten von dem Gebäude entfernt und wünschte, sie würden ihr Platz machen, wo sie doch nicht das leiseste Fünkchen Kraft in sich spürte, um überhaupt bis zur Hintertür zu kommen.

»Wir müssen nach Lars sehen«, sagte Hans. Er räusperte sich mehrfach und fügte hinzu: »Also, eigentlich wollte ich nichts sagen, um niemanden zu beunruhigen, und eigentlich geht das ja nur die Polizei etwas an. Aber am nächsten Hochsitz in östlicher Richtung von hier, da habe ich, noch bevor wir uns alle getroffen haben, einen Toten gefunden. Er war so am Hochsitz ... sagen wir angebracht, dass ich nicht glaube, dass Sibylle dazu in der Lage gewesen sein könnte.«

Mira tat einen weiteren Schritt in Richtung Tankstelle. Nur mit höchster Konzentration schaffte sie es zu verhindern, dass ihre Knie einknickten.

»Vielleicht war sie das nicht allein«, warf Jule ein. »Vielleicht hat sie aber geholfen.«

»Ja, glaubt ihr nicht, dass sie unschuldig ist«, zischte Flo.

Schrill rief Sibylle: »Also, entschuldigt mal, was werft ihr mir hier vor? Was fällt euch ein?«

»Wir müssen nach Lars sehen«, flüsterte Mira ungehört. Beim zweiten Versuch, lauter zu sprechen, brach sie ab. Entweder die anderen waren überfordert oder sie wollten sich dem nicht stellen, was im Inneren der Tankstelle noch auf sie wartete. Mira konnte es sich jedoch nicht ersparen.

»Könnte das einer meiner Fahrgäste gewesen sein?«, rief Egon aufgeregt und ohne auf Sibylle zu achten. »Ihr wart doch zu viert oder wart ihr mehr?«

Mike stimmte dem kurz angebunden und kleinlaut zu. »Hast recht. Also so ungefähr vier oder fünf waren wir schon. Aber aus dem Bus war der nicht. Kommt mir überhaupt nicht bekannt vor, das Gesicht.«

»Fünf werden wir schon gewesen sein im Bus«, sagte Werner. »Der schräge Mann im blauen Mantel kam mir von Anfang an seltsam vor.«

Mira atmete tief ein und zwang ihre Beine, endlich richtig in Bewegung zu kommen. Im Vorbeigehen stieß sie Sibylle zur Seite und stakste zur Tankstelle. Sie wollte keine Leiche sehen. Und schon gar nicht wollte sie Lars tot sehen. Aber sie musste sich überzeugen. Gewissheit haben. Sie würde fortan das Wort Gewissheit mit jeder Zelle ihres Körpers hassen.

Die Tür hielt sie nicht auf. Mira zog sie einfach schwungvoll auf. Dunkelheit schwappte ihr entgegen und der unverkennbar metallische Geruch nach Blut hüllte sie ein. Ihre Kehle wurde eng. Sie versuchte zu schlucken, schaffte es aber nicht. Der Moment war gekommen, sie musste sich ihrem Albtraum stellen. Das wäre besser als Ungewissheit.

Mira trat einen Schritt in die Tankstelle hinein. Weiter schaffte sie es vorerst nicht. Sie spürte, wie sich eine Hand auf ihre Schulter legte. Zunächst ganz leicht, dann verstärkte sich der Druck ein bisschen.

Elias ließ seine Hand gleich wieder fallen und Flo neben ihm sagte: »Wir begleiten dich.« Beide boten ihr einen Arm zum Unterhaken an. Die galante Geste hätte ihr in beinahe jeder anderen Situation ein herzhaftes Lachen entlockt, aber gerade war sie froh darüber, nicht allein auf ihren zittrigen Beinen stehen zu müssen. Die Jungs stützten sie jeweils von einer Seite und hielten dabei Miras Unterarme gestützt, während sie ein Handy mit eingeschalteter Leuchte nach vorne richtete.

Schritt für Schritt kämpften sie sich durch die Finsternis einer Gewissheit entgegen, die Mira teilweise gar nicht haben wollte. Hoffen konnte etwas verdammt Schönes sein, wenn eine schreckliche Realität bevorstand. Es musste einfach irgendjemand anderes gestorben sein, aber nicht Lars. Fast wünschte sie, Lars wäre tatsächlich im Wald verschwunden, denn dann wäre es – was immer es auch sein mochte – nicht so endgültig.

Der Lichtkegel glitt über den schmutzigen Tankstellenboden und stieß gegen ein Bein. Mira blieb wie angewurzelt stehen. Natürlich erkannte sie die Hose, in die Lars heute Morgen noch ganz verschlafen hineingeschlüpft war.

Nun lag Lars so unbeachtet auf dem Boden wie sonst seine Jeans, die er abends vor dem Bett fallen ließ und morgens wieder aufhob. Sie ließ die Jugendlichen los und fiel schluchzend vor Lars' Körper auf die Knie. Feuchtigkeit durchtränkte ihre Hose. Blut. Ohne es zu beachten, rüttelte sie an seiner Schulter. Er kam nicht zu sich.

»Komm schon, Schatz. Komm zu mir zurück. Schläfst du wieder tief und fest? Bitte, bitte, du schläfst doch nur. Wach auf.« Tränen trübten ihre Sicht, was eine kleine Erleichterung war. Sie glaubte, ihr Herz würde nicht mehr schlagen, da es in Trümmern lag. Sie wollte schlichtweg nicht, dass das wahr war, was sie vor sich sah, und dennoch wusste sie es. Schluchzend nahm sie ihren toten Freund in den Arm, roch an seinem Haar und wünschte, sie wäre so leblos und ohne Emotionen und Gedanken, wie er es war. »Wach auf«, bat sie ein letztes Mal leise ganz nah an seinem Ohr und wusste doch, dass er sie nicht hören konnte.

Mira schloss die Augen und konzentrierte sich darauf, sich alles an Lars einzuprägen, was sie konnte. Nichts von ihm, kein

Detail durfte verloren gehen, wenn sie ohne ihn würde weiterleben müssen.

Nach einer Weile hörte sie ein Flüstern. »Das war Sibylle. Garantiert«, sagte Elias.

»Das weißt du nicht. Es ist nichts bewiesen.«

Elias' Stimme nahm einen wütenden, tiefen Klang an. »Die Alte ist durchgeknallt. Sie hat ihm gedroht. Ich sag es dir: Sie war das, nicht irgendein Typ im blauen Mantel. Der läuft vielleicht auch da draußen rum, aber das hier war sie.«

Mira richtete sich auf. Sibylle! Mit dem Jackenärmel wischte sie sich über ihr verweintes und verschnupftes Gesicht.

Flo wurde ebenfalls etwas lauter. »Das sieht jetzt vielleicht alles so aus, aber wir können ihr nicht die Schuld geben, wenn sie es am Ende vielleicht doch nicht war. Wir können es nicht mit absoluter Sicherheit wissen.«

Mira erhob sich. Sie schwankte so sehr, dass sie sich kurz an Elias festhielt. Leicht schüttelte sie ihren Kopf, als würde ihr das helfen, klarer zu werden. Sie lief an den beiden Freunden vorbei. Mit jedem zurückgelegten Meter wurde sie schneller, bis sie fast rannte. Sie eilte um die Tankstelle herum.

Dann sah sie sie. Inzwischen war Sibylle an einen Baum gebunden worden, ließ ihre Schultern und ihren Kopf hängen und sah auf, als sie Mira hörte. Es gefiel ihr, mit welchem Gesichtsausdruck Sibylle zu ihr hochschaute. Im Gegensatz zu Egon gehörte sie dorthin. Was die anderen dazu bewogen hatte, wusste sie nicht und es interessierte sie auch kein bisschen.

Fast hätte sie es zu ihr geschafft. Mira wusste nicht, was sie getan hätte, aber es hätte ihr gutgetan. Sie war überzeugt, dass Lars' Blut an Sibylles Händen klebte, und das wäre ihr genug gewesen, um ihr wehzutun. Sogar sehr und ohne Hemmungen.

Gerade Egon war es, der sie festhielt und ihr beruhigend ins Ohr flüsterte.

»Sie hat ihn umgebracht, Gott verdammt noch mal!«, presste Mira zwischen ihren Schluchzern hervor und sank auf die Knie.

Nach einigen Minuten fragte Jule: »Wo bleiben eigentlich Elias und Flo?«

SIEBZEHN.

Blutflüsse

Elias

»Komm schon, du kannst dich doch nicht einfach festlegen. Was dann? Wir stimmen ab, sagen, sie war es, und dann richten wir sie dafür hin?« Flo schubste Elias gegen die Brust. Kaum hatte Mira die Tankstelle verlassen, eskalierte die Meinungsverschiedenheit der beiden. Sie mussten beide irgendwie mit ihrer Angst klarkommen.

»Mann, du weißt selbst, dass ich das nicht gesagt habe.« Elias spürte heiße Wut in sich, weil er wusste, dass Flo seine eigenen Ansichten teilte und es nur nicht zugeben wollte. Natürlich war es diese verrückte Frau gewesen, die den Taxifahrer fast und Lars endgültig umgebracht hatte. Er wollte sie nicht hinrichten, aber sie musste zur Verantwortung gezogen werden. Und sie mussten dafür sorgen, dass sie nicht abhaute oder noch jemandem etwas antat.

»Was schlägst du dann vor? Willst du dich wie ein Richter hinstellen und sie schuldig sprechen?«

Am liebsten hätte Elias Flo ebenfalls gestoßen, aber er wollte nicht ganz die Beherrschung verlieren. Gerade jetzt in dieser Situation mussten sie cool bleiben und zusammenhalten, sobald sie fertig gezankt hatten. »Alter, reg dich ab. Ich will nur nicht, dass sie sich noch jemanden schnappt und umbringt. Wir müssen den Leuten draußen verdeutlichen, wie gefährlich sie ist, auch wenn sie nicht so aussieht. Ich weiß nicht, ob sie das wirklich glauben. So richtig, meine ich.«

Elias hörte leise Schritte hinter sich, die nach Jule klangen. Ohne sich umzudrehen, sagte er:»Sag Flo mal, dass er sich beruhigen soll. Der ist völlig am Ausrasten, vielleicht hört er ja auf dich.« Nach einem letzten wütenden Blick auf Flo drehte sich Elias zu Jule um.

»Hallo, Männer«, sagte ein nicht besonders großer, aber sportlich wirkender Typ mit Schirmmütze und dunkelblauem Trenchcoat.

»Der Manteltyp«, flüsterte Flo hinter ihm und Elias wich unwillkürlich einen Schritt zurück.

»Sorry, hab ich dich erschreckt?«, fragte er. »Ganz schön was los hier bei euch. Wie viel vom Spaß hab ich schon verpasst?« Der Mann, der höchstens Mitte dreißig sein mochte, betrachtete interessiert Lars' Leichnam. Er lief an den beiden vorbei, als wäre es das Selbstverständlichste der Welt, und ging vor Lars' Leichnam in die Hocke.»Cool«, sagte er und zog das Wort in die Länge.»Egal, wie viele Leichen man schon gesehen hat, jede einzelne ist faszinierend. Viel mehr als die Menschen, wenn sie noch leben. Ach, was sage ich da, mich kümmern die Lebenden null.«

Elias spürte, dass sein Mund offen stand, und presste die Lippen aufeinander, aber er konnte nicht aufhören, den Mann anzustarren. Wo wohl das Messer war, an dem er gerne leckte, wie Werner und Mike behauptet hatten? Elias fragte sich, ob das Messer schleimig von seinem Speichel oder klebrig vom Blut war, das es gekostet hatte?

Der Manteltyp schlenderte durch die Tankstelle, bis er wieder zwischen den Freunden und der Tür zum Stehen kam. Flo hatte sich ebenso wenig geregt wie Elias, beide waren zu sehr von dieser seltsamen Gestalt fasziniert und irritiert.

Als Elias allerdings klar wurde, dass der Mann sich absichtlich dort positioniert hatte, wo er nun stand, dass er es mit eingerechnet hatte, ihnen den Ausweg zu blockieren, verwandelte sich der kleine Knoten von Furcht in seinem Bauch zu einem riesigen Knäuel.

»Und nun zu euch. Wer war das?«, fragte er und wies auf Lars. »Was war hier los?«

Flo stammelte ein wenig. »Sibylle. Also die ältere Frau. Komplett durch den Wind. Hat auch versucht, den Taxifahrer umzubringen.«

Der Manteltyp legte den Kopf schräg. »Und hat es nicht geschafft? Ich glaube, weit entfernt vom Tod ist der Mann da draußen nicht mehr. Wenn überhaupt. Würde erklären, warum die Frau an einen Baum gebunden wurde und einer vor der Tankstelle auf dem Boden liegt und nicht mal mehr zuckt.«

»Ja«, hauchte Elias. Irgendwie wünschte er, der Mann würde endlich sagen oder tun, wozu er zu ihnen gekommen war. Zu wissen, woran sie waren, würde ihn erleichtern, auch wenn es noch so schlimm wäre.

»Hat da draußen jemand eine Waffe dabei?«, fragte der Mann nun und kniff seine Augen zusammen, als könnte er die Wahrheit in ihrem Kopf lesen.

Flo zuckte mit den Schultern und Elias sagte, dass er es nicht wisse.

»Gebt euch mal ein bisschen Mühe.« Der Mann griff mit der Rechten unter seinen Mantel und erinnerte Elias an einen Cowboy, der seinen Colt zog. »Unfassbar. Hat die Alte mir ein paar von euch Fleischsäcken weggeschnappt. Das gibt's doch nicht.« Ehe Elias etwas denken, sagen oder tun konnte, zog der Mann ein Messer mit langer Klinge hervor und warf es. Einen Moment lang glaubte Elias, das Messer würde sein Herz treffen und die Klinge würde es fixieren und damit verhindern, dass es schlug. Nach einer Schrecksekunde pochte es aber kräftig in seiner Brust weiter. Die Flugbahn hatte nicht gestimmt, sein Herz war nicht das Ziel gewesen. Er drehte sich zu Flo um. Wenn er unverletzt geblieben war, musste er sich überzeugen, dass auch Flo nichts abbekommen hatte. Dass der Typ sein Messer zwischen ihnen durch geworfen hatte, nur um sie zum Spaß zu erschrecken.

Eine Sekunde stand Flo noch erstarrt da. Seine Augen groß wie nie. Der Griff des Messers ragte aus seiner Stirn und eine dünne Blutspur zog sich über seine Nase. Gleich würde sie die Lippen erreichen. Dann fiel er um. Er röchelte nicht, er zuckte nicht und atmete nicht mehr. Flo war einfach tot. Nur dass nichts daran einfach war. Elias fühlte sich, als hätte jemand seinen Brustkorb aufgeknackt wie den Panzer eines Käfers und ihm dann das Herz herausgeschnitten.

»Was hat diese verrückte Sibylle deinem Freund da bloß angetan?«, fragte der Manteltyp höhnisch. »Gemeingefährlich, diese Frau, einem nicht ganz Erwachsenen ein Messer in die Stirn zu bohren.«

Kurz wurde für Elias alles verschwommen, dann schwarz. Lodernde Wut vertrieb die Traurigkeit, die seinen Körper schwer gemacht hatte, und schenkte ihm neue Kraft. Die einzige Waffe, an die er herankommen konnte, um sich zu verteidigen und Flo zu rächen, steckte noch in der Stirn seines Freundes.

»Entschuldige«, sagte er zu Flo und nahm den Griff. Er zog am Messer, das zunächst feststeckte. Es tat einen Ruck, es gab ein schmatzendes Geräusch und dann hatte er es aus Flos Schädel befreit und streckte es vor sich. »Du verschissener Dreckswichser«, flüsterte er, obwohl er hatte schreien wollen, und er wünschte, ihm fiele ein Wort ein, das dem Mörder seines Freundes, des Jungen, mit dem er aufgewachsen war, gerecht wurde. Solange seine Stimme ihren Dienst verweigerte, war er auf sich gestellt. Rufen wäre zwecklos. Aber das hätte Elias auch gar nicht gewollt. Der Hass auf den Mann war so allumfassend, dass Elias glaubte, nur dann weiterleben zu können, wenn er allein es wäre, der es ihm heimzahlte. »Ich mach dich fertig«, sagte er. Seine Stimme klang dieses Mal lauter. Er trat einen Schritt auf den Mann zu. »Ich bring dich um.« Er glaubte fest daran, dass er es tun würde. Und vielleicht würde er anschließend sogar am Messer lecken, sobald das Blut des Manteltypen von der Klinge troff.

Die Mundwinkel von Flos Mörder hoben sich ein Stück weit zu einem Grinsen, wie Elias es sich nicht boshafter vorstellen konnte. Kein Filmbösewicht hatte je so ein Lächeln mimen können. »Interessant«, sagte er und griff erneut unter seinen Mantel. »Du gibst also mir die Schuld und nicht Sibylle. Tja.« Er zog ein weiteres Messer hervor, dessen Klinge der in Elias' Hand in nichts nachstand, und ließ es in einer umgekippten Acht durch die Luft sausen.

»Komm nur her, ich mach dich fertig«, sagte Elias und beobachtete die Bewegungen des Mannes genau, während er selbst regungslos verharrte. Sobald er zum Wurf ansetzen würde, wäre höchste Vorsicht geboten. Schon jetzt musste er mit allem rechnen. Noch schnitt er sich durch die Luft einen Weg zu Elias frei, als wäre er im Urwald und Lianen hingen in seinem Weg, nur dass er keine Machete führte. Keine zwei Meter trennten die beiden mehr und Elias umklammerte den Griff seines Messers fester.

Dann passierte alles innerhalb weniger Sekunden: Elias stürzte sich auf den Mann, wollte seinem Angriff zuvorkommen, aber der Manteltyp wich ihm einfach aus und war damit hinter ihm. Mit einem schnellen Streich durchschnitt er nicht nur Elias' Jacke, sondern auch die Haut an seinem Rücken. Sofort brannte es und er spürte, wie Blut aus der Wunde austrat. Elias drehte sich um und schlug mit dem Messer nach dem Mann, aber er war erneut flinker und packte Elias' bewaffnete Hand, nachdem er wohl des Ausweich-Spielchens überdrüssig war. Der Mann holte aus und stieß mit dem Messer zu. Allerdings prallte der Griff gegen Elias' Schläfe, anstelle der Klinge, die sich dann in seine Haut gebohrt hätte.

Es ruckelte heftig. Er verglich es mit einem Erdbeben, obwohl er nie zuvor eins erlebt hatte.

Mit jedem Ruckeln tat sein Kopf mehr weh und die Übelkeit in seiner Kehle kämpfte sich Stück für Stück weiter hinauf. Mehr wusste Elias in diesem Moment nicht und versuchte sich zusammenzurollen, um das Ruckeln abzumindern.

»Scheiße, jetzt wach schon auf, Mann«, hörte er Jule, die ihn nicht nur anschrie, sondern dabei auch noch weinte. Die Erinnerung kam zurück und er fühlte sich wie platt gewalzt.

»Manteltyp«, nuschelte Elias und schluckte trocken. »Flo. Der Mann hat Flo umgebracht. Wo ist er?«

»Hier ist niemand. Fuck, er muss abgehauen sein.« Jule zog ihn auf die Füße und sofort kreisten Sterne vor seinen Augen umher. Sein Kopf fühlte sich an, als würde er gleich explodieren und sein Gehirn ausspucken wie ein Vulkan Lava. Elias würgte trocken.

»Komm schon, du musst mir und den anderen alles erzählen.« Jule ließ Elias los, der zwar bedrohlich schwankte, es aber schaffte, nicht umzufallen. Neben Flo ging er erneut in die Hocke, schien ihn ordentlich hinlegen zu wollen, ließ dann aber doch seine Finger von ihm.

Mit Jule an seiner Seite schwankte Elias nach draußen zu den anderen. Obwohl er seine Umgebung gründlich musterte, konnte er den Manteltyp nirgends entdecken. Als er am Taxifahrer vorbeikam, bemerkte er, dass sie ihn mit einer groben Decke bis über das Gesicht zugedeckt hatten. Dass der vermeintlich tote Taxifahrer letztendlich doch noch gestorben war, hatte keinen Platz in Elias' Bewusstsein. Er nahm es zur Kenntnis, aber seine Trauer galt ausschließlich Flo und er hatte kein Quäntchen Schmerz mehr übrig, um auch den möglicherweise zwielichtigen Taxifahrer zu bemitleiden.

Kaum waren sie um die Ecke getreten, rief Jule: »Er hat Flo umgebracht. Dieser Bastard hat ihn getötet.«

Nachdem Jules Stimme gebrochen war, räusperte sich Elias. »Der Mann mit dem Mantel war da. Der Manteltyp.««

ACHTZEHN.

Schuld und Unschuld

Sibylle

»Ich frage mich, warum er dich nicht umgebracht hat wie deinen Freund.« Die Worte entschlüpften Sibylles Lippen. Sie merkte selbst, dass es sich falsch anhörte, was sie von sich gegeben hatte. Der Baumstamm bohrte sich unangenehm in ihren Rücken und sie hätte den Satz gerne anders formuliert, wenn sie das nachträglich gekonnt hätte. Aber noch viel lieber wäre es ihr gewesen, wenn sie die ganze Situation ändern könnte. Alles war aus dem Ruder gelaufen.

Jule und Elias starrten sie finster an, woraufhin sie ergänzte: »Um Florian tut es mir natürlich sehr leid und ich bin froh, dass du den Angriff des Mannes überstanden hast.« Elias' Erzählung hatte Sibylle fasziniert. Sie grübelte, ob der Mann auf einem persönlichen Rachefeldzug gegen den Rest der Menschheit war, ob er ein ganz bestimmtes Ziel hatte oder ob er seine Spiele nur zum Spaß trieb. Schnell war für sie klar gewesen, dass sie weder ihren Angriff auf den Taxifahrer noch den Mord an Lars dem Mann in die Schuhe schieben konnte.

»Halt einfach deine Fresse, du dämliche Fotze«, schrie Mira. Ja, Mira wollte wirklich nichts mehr von ihr hören oder sehen, Sibylle konnte es ihr nicht verdenken. »Jetzt hockst du da gefesselt im Dreck, als wenn nichts wäre, aber ich schwöre dir, du wirst noch bereuen, was du Lars angetan hast!« Immerhin spuckt sie mich nicht auch noch an, dachte Sibylle und versuchte möglichst geknickt zu wirken.

Werner lachte kurz, aber Mike brachte ihn mit einem Rippenstoß zum Schweigen. »Sorry«, murmelte Werner. »Das mit der Fotze … schon gut.«

Hans kam gerade rechtzeitig zurück, um Miras Ausbruch mitzuerleben. Er legte erneut seinen Arm um Mira und flüsterte ihr für jeden hörbar zu, dass sie sich beruhigen solle und sie alle erst einmal den Rest der Nacht überstehen mussten. Dann bliebe ihr genug Zeit, um zu trauern. An alle gewandt sagte er: »Wie erwartet. Meine Reifen sind ebenfalls aufgestochen worden. Mein Auto bringt uns nirgendwohin.« Hans entdeckte Jule und Elias, die mit hängenden Schultern und ausdruckslosen Mienen nebeneinanderstanden. »Wo habt ihr denn euren Kameraden gelassen?«, fragte er nichts ahnend. »Was ist denn hier überhaupt los?«

Egon trat zu ihm und wiederholte, was Elias in der Tankstelle erlebt hatte und dass Flo umgebracht worden war.

»Der Mann im blauen Mantel läuft hier also herum und schlitzt alle Reifen auf wie auch die Menschen. Sieht nicht gut aus. Wir stecken in der Scheiße.« Hans fischte ein kleines Taschenmesser aus seiner Jackentasche, drehte es kurz hin und her und steckte es dann wieder ein.

Sibylle sah ihre Chance gekommen. »Nein, das sieht ganz und gar nicht gut aus. Und so an den blöden Baum gefesselt, sieht das für mich noch fünfmal so beschissen aus. Macht mich los, dann bin ich nicht wehrlos, sondern kann mithelfen, damit wir alle aufeinander aufpassen können.«

Mira trat einen Schritt vor. »Wenn ihr die losmacht, bringe ich sie eigenhändig um und nenne es ebenfalls Notwehr.«

»Reg dich ab, Mädel«, giftete Sibylle. »Was geschehen ist, ist geschehen. Nichts davon war Absicht. Ich habe mich nur gewehrt und der Rest war ein Unfall.«

»Ich frage mich, wann er deine Reifen zerstochen hat, Jule«, meinte Egon. Jule zuckte nur teilnahmslos mit den Schultern.

»Wir waren doch die ganze Zeit in der Nähe. Vielleicht schleicht der Kerl ja auch jetzt um uns herum.«

»Macht ihr mich jetzt endlich los?«, fragte Sibylle. Nicht beachtet zu werden machte sie wahnsinnig. Kaum etwas hasste sie mehr und nun saß sie im Dreck zu Füßen aller anderen. Natürlich hatte sie sich ein bisschen mit ihrem Verhalten disqualifiziert, aber sie konnten sie doch nicht wie eine Aussätzige behandeln! »Ich meine es wirklich ernst, macht mich sofort los.« Leiser fügte sie hinzu: »Das ist Freiheitsberaubung. Nichts anderes.«

Sie wurde mit heftigster Missachtung gestraft und schmollte vor sich hin. Ganz heimlich bewegte sie ihre Hände hinter dem Baumstamm. An der Seitenwand der Tankstelle stolzierte bald von den anderen unbemerkt eine schwarze Katze entlang. Sie setzte sich keine fünf Meter von Sibylle entfernt hin. Es war das Tier, das ihr zuvor diesen heftigen Schrecken eingejagt hatte. Die Katzenaugen bohrten sich regelrecht in ihre. Sie fühlte sich gemustert, geprüft. Die Katze saß einfach nur da und beobachtete, ohne sich zu putzen oder sonstige Katzendinge zu tun. Dann erhob sie sich und verschwand zwischen den Sträuchern und Bäumen im Wald. Sibylles Herzschlag beschleunigte sich. Sie hätte es niemals zugegeben, aber hier, in gerade diesem Wald und mit den Sagen, mit denen sie aufgewachsen war, hatte sie mehr Angst vor der Katze als vor jedem der Menschen an der Tankstelle.

Während die anderen gemeinsam überlegten, wie sie alle mit der Situation umgehen konnten, schmiedete Sibylle ihre eigenen Pläne. Die Katze war weg und nun scheuerte sie wieder beherzter an den Kabelbindern. Sollte sie einen Herzinfarkt vortäuschen, damit sie ihre Fesseln abgenommen bekam? Würde vielleicht schon ein Sturzbach von Tränen genügen? Die größte Hürde war wohl Mira. Wenn sie diese überzeugen könnte, dass Lars sie angegriffen hätte, stünden ihre Chancen deutlich besser. Aber das würde sie ihr wohl nicht glauben. Sibylle entschied nach einigem Hin und Her, dass sie zuerst versuchen musste, einen der anderen weichzuklopfen. Egon stand zwar mit dem Rücken abgewandt vor ihr, aber wenn sie ihr Bein ausstrecken würde, könnte sie mit ihrem Fuß seinen anstoßen. Lieber wäre ihr Hans oder eine der beiden seltsamen Gestalten gewesen, die bei Egon im Bus mitgefahren waren, aber sie hatte keine Wahl. Sie stieß ihn also an, bis er auf sie aufmerksam wurde.

Egon schaute sie skeptisch an, ging dann aber neben ihr in die Hocke und sie flüsterte:»Hör mal, ich schwöre dir, dass ich dich nicht niedergeschlagen habe. Das muss dieser Manteltyp gewesen sein, von dem alle sprechen. Bitte, mach mich los, ich will hier nicht tatenlos rumsitzen, sondern helfen. Wehrlos bin ich so noch dazu.«

»Hast du ja nicht anders verdient. Es wäre ja nicht so, dass ich nicht daran zweifeln würde, aber ob du mir auf den Kopf geschlagen hast oder nicht: Lars hast du umgebracht und damit bist du für mich durch«, gab Egon zurück und wollte sich wieder erheben.

»Warte!«, flehte Sibylle. Ihr Herz raste.»Komm schon, hast du nicht ein Messer dabei oder so? Ein Schnitt, und ich bleibe hier auch sitzen. Versprochen. Ich steh nur im Notfall auf. Falls der Mann mit dem Mantel angreift oder so. Vielleicht hängt nachher noch dein Leben davon ab, dass ich es bin, die dich rettet.«

»Vergiss es. Ich hatte ein Messer, aber das war dann irgendwann weg. Ich glaube, nach dem Schlag auf den Kopf habe ich es verloren. Oder hast du es mir vielleicht sogar selbst gestohlen, hm? Schade drum, aber losgemacht hätte ich dich sowieso nicht.« Egon stand auf und stellte sich demonstrativ weit von ihr weg.

»Wir fahren«, sagte Jule entschlossen und straffte die Schultern.»Mir ist es egal, ob da mein Auto darunter leidet, dass ich mit kaputten Reifen fahre. Der Radkasten hat eh schon bessere Zeiten gesehen. Die Reifen am Taxi sind auch komplett platt. Wir fahren so weit, bis wir Empfang haben, und rufen dann sofort die Polizei. Ich will nicht, dass Flo da länger drin liegen muss.«

»Ich gehe mit dir«, sagte Elias und die beiden nickten sich zu.
Hans fragte:»Willst du deinen Rücken untersuchen lassen,
ob da noch was genäht werden muss oder so?«

Elias bewegte sich probehalber hin und her.»Ich glaube
nicht, dass das nötig sein wird.«

Während Jule schon mit ihrem Schlüsselbund klimperte, den
Sibylle ihr zu gerne entrissen hätte, sagte Hans:»In Ordnung.
Gut. Das ist wahrscheinlich die beste Lösung. Ruft ihr die Poli-
zei, wir bleiben zusammen und sind somit wohl am sichersten.
Oder wollt ihr euch den beiden anschließen, Werner und Mi-
ke?«

Die beiden wechselten einen Blick, anschließend verneinte
Mike.

»Wir halten mit euch hier die Stellung«, verkündete Werner.
»Je mehr, desto sicherer, oder nicht?«

Mira saß vor einer Zapfsäule und wischte sich immer wieder
über das Gesicht. Die Männer verabschiedeten die beiden
Freunde und auch Sibylle schaute den roten, leuchtenden Rück-
lichtern nach, bis sie verschwunden waren. Der Kloß in ihrem
Hals schwoll an, aber ihre Versuche, ihn weg zu räuspern,
scheiterten. Besser wurde es nicht, denn wirklich erleichtert wäre sie erst, wenn sie die Polizei von ihrer Notwehr überzeugt
hätte. Oder sobald sie sich befreit und aus dem Staub gemacht
hätte. Niemand wusste mehr über sie, als dass sie Sibylle hieß.
Sie kannten ihr Gesicht, aber Beweise hatten sie keine.

Sibylle konzentrierte sich auf den Versuch, ihre Kunststoff-
Kabelbinder-Fesseln an der Rinde durchzuscheuern. Sie war
zwar nicht sehr optimistisch, aber immerhin hatte sie so eine
Chance, während Mira heulend vor der Zapfsäule saß und sich
Egon und Hans aufgeregt unterhielten. Die beiden sprachen zu
leise miteinander, als dass sie etwas davon hätte verstehen
können. Aber wie sie andauernd zu ihr herüberschielten, war
Sibylle sicher, dass es um sie ging. Sie versuchte sich auf die für
ein möglichst effizientes Scheuern nötigen Bewegungen zu
konzentrieren und ihre vor Schmerzen brennende Haut zu ignorieren. Auf keinen Fall wollte sie sich etwas anmerken lassen,

sonst hätte sie ihre Chance auf Flucht vertan. Die anderen würden sie anschließend genauer beobachten oder ihr mit noch mehr Kabelbindern zu Leibe rücken.

Egon drehte sich irgendwann zu seinen Fahrgästen um. »Mike, Werner, habt ihr …?« So plötzlich, wie er sich ihnen zugewandt hatte, verstummte er. »Wo sind sie hin?«, fragte er Hans.

Sibylle ließ ihre Hände herabsacken und richtete sich auf. Auch sie konnte die beiden Schnapsnasen nirgendwo entdecken.

»Sind sie sich vielleicht in den Büschen erleichtern gegangen?«, riet Hans.

Die zwei Männer drehten sich ratlos in alle Richtungen, bis Hans scharf die Luft einsog. Er wies auf die beiden Körper, die regungslos auf dem Boden in der Nähe des Taxis lagen. Mike lag auf dem Bauch, wohingegen Werner rückwärts umgefallen war. Beide hatten dunkle Flecken am Oberkörper, die sich als Blut herausstellen würden, wenn man sie berühren oder untersuchen würde, da war Sibylle sicher.

Hinter den Zapfsäulen erschien ein Mann mit blauem Mantel so plötzlich wie ein Gespenst, das sich im Horrorfilm materialisierte. Er schlug Egon, der näher bei ihm stand als Hans, den Messerknauf einmal kräftig gegen die Schläfe, sodass der Busfahrer auf der Stelle zusammensackte. Einen ausladenden Schritt trat er dann auch auf Hans zu und trieb ihm die Klinge vorbei an seinen zur Abwehr erhobenen Händen seitlich in den Hals. Trotz der Dunkelheit beobachtete Sibylle, wie Hans erblasste, und drückte sich fester gegen den Baumstamm in ihrem Rücken.

Scheiße, Scheiße, Scheiße, fluchte sie innerlich. Der Mann war da und sie hatte sich noch nicht losmachen können. Hoffentlich sympathisiert er mit mir, weil ich hier angebunden bin. Er könnte sich als mein Retter aufspielen. Dafür könnte ich die Polizei belügen, wenn sie auftaucht. Sibylle schüttelte ihren Kopf, als könnte sie die sich überschlagenden Gedanken damit in Ordnung bringen.

Hans ging in die Knie. Eine Hand presste er auf seine Wunde am Hals. Während er die andere Hand, die immer heftiger zitterte, nach wie vor zur Abwehr vor sich ausstreckte, leckte der Mann im Mantel genießerisch das Blut von der Klinge, wie Sibylle Kuchenteig von den Mixstäben ihres Handrührgeräts schleckte: ganz langsam und mit halb geschlossenen Augen.

Dann nahm er Sibylle ins Visier. Sein Gesichtsausdruck ließ sie äußerlich erstarren, wobei ihr Herz wie verrückt schlug. Ihre trockene Zunge fühlte sich in ihrem Mund an wie eine verdorrte Nacktschnecke.

»Guten Abend«, sagte er, »wie hast du dich denn in diese Lage gebracht? Nicht von Vorteil jetzt gerade, oder?«

Sibylle machte einen Laut, den sie selbst nicht zu deuten wusste, so viele Emotionen wirbelten durch ihren Körper. Sie riss ihren Blick von ihm los und suchte nach Mira. Falls sie nicht schon längst in den Wald geflohen war, musste sie Sibylle retten. Sibylle atmete zittrig aus. Vielleicht würde Mira auch von einem Versteck aus zufrieden mit ansehen, was der Manteltyp als Nächstes mit ihr vorhatte.

NEUNZEHN.

Moral und Totschlag

Mira

Als die Ereignisse sich zu überschlagen begannen, trübte ein Tränenschleier Miras Sicht. Zunächst war Egon zusammengesackt. Erst als sie den Mann mit dem dunkelblauen Mantel sah, verstand sie. Er war tatsächlich zu ihnen zurückgekommen. Schnell wisperte sie Hans' Namen. Leider zu spät. Innerhalb weniger Augenblicke lag auch Hans auf dem Boden in seinem Blut.

Wie Lars. Ganz ähnlich wie Lars.

Mira biss die Lippen aufeinander und drängte ein Schluchzen ihren Hals hinunter, als müsste sie Erbrochenes schlucken. Heftig atmend wischte sie Tränen aus ihrem Gesicht und kroch um die Zapfsäule herum, um vor dem Mann, der all das zu verantworten hatte, verborgen zu bleiben, solange es eben ging. Vorsichtig spähte sie dahinter hervor, um vorgewarnt zu sein, wenn er sich ihr zuwenden könnte. An Flucht dachte sie gar nicht. Sie hätte nicht die Kraft, irgendwohin zu kriechen, geschweige denn in den Wald zu rennen. Lars zurückzulassen.

Hans durchlief ein Rucken, er zuckte noch einige Male, dann glitt die blutbesudelte Hand, mit der er seine Wunde zugedrückt hatte, zu Boden. Der Manteltyp, wie sie ihn alle genannt hatten, bekam das nicht mehr mit, er stand längst vor Sibylle.

Gefühle wallten in Mira auf, die sie zunächst nicht einordnen konnte. Sie atmete durch, wischte sich erneut über das Gesicht und wurde sich nach und nach dessen bewusst, was sie da empfand: Neid und Gier. Der Mann durfte ihr Sibylle nicht wegschnappen. Ihr allein stand es zu, sich an ihr für Lars zu rächen. Es war ihre Aufgabe, das Leben dieser grässlichen Frau zu beenden. Es war allerdings nicht nur ihre Aufgabe, sondern vielmehr auch ihr dringendster und einziger Wunsch, es selbst zu erledigen.

Mira stand mühevoll auf und sagte mit so fester Stimme, wie sie konnte: »Halt.« Sibylles Gesicht wirkte einen Moment überrascht und dankbar, aber Mira wollte klare Verhältnisse schaffen, ehe es zu spät war. »Die da gehört mir!«

Der Mann drehte sich zu ihr um und musterte sie interessiert. Er verstand. »Was schlägst du vor?«

»Egal was. Ich will sie töten. Sie hat meinen Freund umgebracht. Ich habe das Recht auf Rache!«

»Mira!«, keuchte Sibylle.

Als hätte er Sibylle vergessen, drehte er sich mit dem Rücken zu ihr und tippte sich mit der Messerspitze nachdenklich an die Lippen. »Die Alte da hat mich schon zwei Fleischsäcke gekostet. Und du willst einen dritten haben, der mir dann entgeht?« Er presste seine Lippen aufeinander. »Was könntest du mir dafür anbieten?« Seine Augen wurden schmal.

Mira presste ihre Lippen zusammen und schaute an sich herab. Wie weit war sie bereit, dafür zu gehen? Dieses Mal schaffte sie es nicht, das Zittern aus ihrer Stimme herauszuhalten. »Ich … ich könnte … würde …«

Der Mann unterbrach sie, bevor es noch unangenehmer für Mira wurde. Sie wusste ohnehin nicht, was sie hätte anbieten sollen. Der Manteltyp winkte einfach ab. »Keine Sorge. Du hast in der Hinsicht nichts zu bieten, was ich nicht von woanders bekommen könnte. Kein Interesse also, sorry.« Ein ironisches Lächeln huschte über sein Gesicht. »Ist dir bestimmt selten passiert, oder?«

Fassungslos erwiderte Mira: »Es ist auch noch nicht vorgekommen, dass ich solche Angebote unterbreiten musste.«

Der Mann wechselte das Messer geschickt von einer Hand in die andere und wieder zurück. »Immerhin, falls ich dich sie kaltmachen lasse, wärst du dann auch schuld an einem Mord. Verrätst du mich nicht, verrate ich dich nicht. Oder so. Wirklich keine einfache Entscheidung.« Er betrachtete sein Messer wie einen Schatz und überlegte, ob er es ihr anvertrauen konnte.

»Mira, du kannst das doch nicht wollen«, flehte Sibylle.

Mira ging nicht auf Sibylles Gewinsel ein, sondern war erleichtert, dass er keine abstrusen Forderungen stellte, die sie letzten Endes doch nicht eingegangen wäre, und spürte, wie ihre Angst ein kleines bisschen verebbte. Krampfhaft überlegte sie, wie sie ihm den Deal schmackhafter machen könnte, aber ihr Verstand war von Trauer und Wut wie benebelt. Jede Idee musste mühsam durch diesen Dunst waten, ehe Mira auf sie zugreifen konnte. Er durfte es sich nicht anders überlegen. »Ich könnte dir Geld geben. Eine Überweisung wäre wohl nicht clever, aber wir könnten uns noch mal irgendwo treffen oder ich schicke es dir als Paket. Ich würde dir einiges bezahlen, wenn ich diese Schlampe umlegen darf und du mich danach gehen lässt.«

Entgeistert starrte er sie an. »Was? Dich auch nicht umbringen? Davon war aber nicht die Rede.«

Mira wich einen Schritt zurück. Die Angst setzte wieder ein und es fühlte sich wie ein Aufprall auf dem Boden an, nachdem sie aus großer Höhe gefallen wäre. »Davon bin ich selbstverständlich ausgegangen, dass ich danach weiterleben darf. Du sagtest doch, ich verrate dich nicht, du verrätst mich nicht.«

»Stimmt. Aber wirklich und endgültig auf zwei Fleischsäcke verzichten?« Langsam tippte er sich mit der Messerspitze an die Lippen. Die Entscheidung fiel ihm offensichtlich schwer und jede Sekunde, die er länger überlegte, beschleunigte sich Miras Puls, bis ihr das Herz unangenehm in der Kehle pochte. Sie musste davon fast würgen.

»Wie viel?«

»Fünftausend kann ich dir geben.«

»Fünf, damit ich dich gehen lasse, und noch mal fünf, wenn du sie umbringen willst.«

Sibylle stieß ein heiseres Lachen aus und machte ihrer Empörung Luft:»Fünftausend Euro soll mein Leben kosten? Ihr verschachert mich wie Vieh? Mira, das kann wohl nicht dein Ernst sein.«

Mira wusste nicht, wo sie so viel Geld auf die Schnelle auftreiben sollte, aber sie sagte zu.»Wenn das der Preis ist, dann bezahle ich den gerne für mein Leben und für ihren Tod.«

Sibylle rief mit schriller Stimme:»Ihr könnt mich doch nicht einfach so zwischen euch verschachern!«

»Wir können noch viel mehr, du dämliche alte Schlampe, und das werde ich dir gleich zeigen«, sagte Mira. Ungeduldig trat sie von einem Fuß auf den anderen. Ihre Hand kribbelte vor Verlangen, endlich das Messer führen zu dürfen.

Der Manteltyp begann zu grinsen.»Du gefällst mir. Ich glaube, das wird ein Spaß, dir zuzusehen. Unser Deal steht.« Der Mann streckte seine Hand aus. Mira trat zu ihm und schüttelte sie kräftig.

Kurz hielt sie inne. Sie fühlte sich nicht schlecht, im Gegenteil: Selbst die Rache für Lars zu übernehmen, wo Sibylle heute Nacht ohnehin durch diese Klinge gestorben wäre, die der Mann so liebevoll behandelte, empfand sie als gerecht. Es würde ihr die Trauer jedes Mal ein kleines bisschen erleichtern, wenn sie an den Moment denken würde, und Sibylle musste zur Verantwortung gezogen werden. Scheiß auf Behörden, scheiß auf Knast. Ich mach das selbst! Mira hielt die Hand auf. Sie wollte das Messer haben und endlich Lars' Tod vergelten.

»Hast du das schon mal gemacht?«, fragte er und machte keine Anstalten, ihr die Mordwaffe zu überreichen.

»Nein, aber ich krieg das hin. Ich will es unbedingt.« Mira überbrückte auch den letzten Abstand zum Manteltyp. Sie war kurz davor, ihn am Mantel zu packen und zu schütteln, damit er endlich verstand, dass seine Zweifel an ihr unbegründet waren. Aber selbst in dieser Situation, in der sie sich befand, begriff sie, dass es zu viel des Guten wäre. »Ich bring es auf jeden Fall. Gib schon her.« Der Manteltyp musste sie es tun lassen. Irgendwie war sie es Lars schuldig, der ohne sie nicht für Egon angehalten hätte. Mira war sicher, dass er das Auto nicht gewendet hätte, wenn sie sich anders verhalten hätte. Sie presste ihre Lippen aufeinander und wollte sich von den Schulgefühlen nicht niederringen lassen. Nicht jetzt. Noch nicht.

Er nickte, wirkte aber nicht gänzlich überzeugt. »Leg mehr Schwung und Kraft rein, als du für nötig hältst, wenn du sie am Ende abstechen willst. Wenn du auf einen Knochen stößt, ist das ein richtiges Hindernis für das Messer. Je nachdem, was du mit ihr vorhast, musst du richtig anpacken.«

»Das werde ich. Aber zu schnell soll es auch nicht gehen.« Mit Bedauern dachte sie an die Polizei, die Elias und Jule rufen wollten. Sie hatte nicht so viel Zeit zur Verfügung, wie sie gerne gehabt hätte.

Sibylle entfuhr ein Wimmern und Mira konnte sich kaum noch beherrschen. Sie konnte kaum noch klar denken. »Jetzt gib mir endlich das Messer. Elias und Jule sind die Polizei rufen gefahren. Ich will meinen Spaß, bevor sie kommen.«

»Und wenn die Cops da sind?«

»Dann sitze ich längst neben Lars, heule mir die Augen aus dem Kopf und weiß nicht, was um mich herum geschehen ist.«

Er überreichte ihr sein Messer, als wäre es der heilige Gral. »Tu dein Werk«, sagte er und lächelte voller Vorfreude.

Sibylle war so blass, als hätte sie bereits jetzt mehrere Liter Blut verloren. »Mira, lass uns reden. Du musst das nicht tun. Wir bekommen das zusammen hin.«

»Du kannst sagen, was du willst. Du bist jetzt dran. Mir gefällt es, dich betteln zu hören. Nur zu. Vielleicht nehme ich mir ja extra viel Zeit, damit du nicht damit aufhörst. Also, gib dir Mühe, du dreckiges Mörderschlampen-Miststück.«

Der Manteltyp hinter ihr gluckste. »Du bist der Hammer, Kleine. Vielleicht sollten wir das öfter zusammen machen.«

Mira spürte, wie das Messer eins mit ihrer Hand wurde. Sie ging vor Sibylle in die Hocke und zog eine Linie über ihre Stirn.

Einen ersten Schnitt zur Probe, der Sibylle sofort zum Schreien brachte. Blut lief ihr über das gesamte Gesicht und in den aufgerissenen Mund. Hastig blinzelte sie, aber so verkniffen, wie Sibylle schaute, bekam sie das Blut nicht aus den Augen. Miras Hand zitterte nicht, sondern war ruhiger als in den letzten Stunden.

»Na, brennt es?«, fragte Mira. »Ich hoffe doch. Mal überlegen, wo wir weitermachen.«

»Mira, bitte. Ich werde für immer eine Narbe auf der Stirn haben. Ich bin gezeichnet. Noch hast du nichts getan, was du dir nicht selbst verzeihen könntest. Bitte, hör auf, bevor es zu spät ist.« Sibylle leckte sich das Blut von den Lippen und spuckte es wieder aus. Tränen zogen ihre Spuren auf den mit Blut besudelten Wangen. »Dreh dich um und bring lieber den Verrückten da um. Rette Egon und mich. Er hat mich verletzt, nicht du warst das. Das würde jeder glauben! Ich würde allen erzählen, dass du mich gerettet hast.«

Ohne sie einer Antwort zu würdigen, schlitzte Mira ihr auch die Wangen auf. Jede bekam ein ansehnliches X, obwohl Sibylle versuchte den Kopf wegzudrehen. Der Klinge entkam sie nicht. Mira war es nicht genug. Sie dachte an Lars, der langsam erkaltete und in seinem Blut lag. An die gemeinsame Zukunft, die Sibylle ihnen genommen hatte. An die Pläne, die die Frau vor ihr zerstört hatte. Ihr Herz fühlte sich tot an und auch das war Sibylles Schuld. Sie stach einige Male in Sibylles Oberschenkel. Nur einen oder zwei Zentimeter tief, aber es bildeten sich dunkle Blutflecke auf ihrer Hose und die Mörderin zu ihren Füßen stöhnte herrlich vor Schmerz auf. Bei jedem einzelnen Stich ächzte sie, wo Mira das Gefühl genoss, ihr Fleisch zu teilen.

»Schneid ihr doch die Zunge raus«, riet der Mann hinter ihr. »Dann hört die Alte endlich auf zu labern.«

»Sie soll winseln«, sagte Mira und rammte ihr die Klinge kurzerhand in den Oberarm. Sie stach und ritzte weiter in Sibylles Fleisch, bis sie nicht mehr zählen konnte, wie viele Verletzungen sie ihr zugefügt hatte.

Sibylle würgte zwischen ihren Schluchzern ein paar Worte hervor. »Wie kannst du so sein? Wie kannst du das nur tun?«

Mira hielt inne, umklammerte den Griff des Messers aber fester. »Dasselbe könnte ich dich fragen, du Abschaum. Du hast nicht nur Lars' Leben genommen, sondern auch meins. Meins, wie ich es gerne gehabt hätte. Du hast mir die Zukunft genommen, die ich mit ihm haben wollte.« Mira wischte sich mit dem Ärmel Schweiß von der Stirn. »Nun kann ich in Zukunft zumindest an das hier zurückdenken.«

»Mira«, erklang Egons Stimme schwach und verwirrt hinter ihr. »Was tust du da nur?«

»Keine Sorge, den übernehme ich«, sagte der Mann und stach mit einem weiteren Messer auf den wehrlosen Busfahrer ein, bevor Mira irgendwie hätte reagieren können. Mehr als einen kurzen Blick über die Schulter widmete Mira den beiden nicht. Egon war ein netter Mensch gewesen und sie würde es bestimmt noch bedauern, dass er hatte sterben müssen. Gerne hätte sie ihn gerettet, aber das war der falsche Augenblick. Gerade kochte ihr Blut vor Freude an dem, was sie mit Sibylle veranstalten konnte, während ihr Herz kalt in ihrem Inneren lag und sich nicht wärmen lassen wollte.

»Letzte Worte?«, fragte sie heiser. Es war nicht unbedingt Erregung, die sie spürte, aber eine gewisse Zufriedenheit und Erhabenheit, dass sie ihre Vergeltung selbst geübt hatte. Sie hatte ihre Macht genutzt und Lars' Mörderin würde keinen Tag weiterleben dürfen, wo sie doch sein Leben beendet und ihn ins kalte Grab geschickt hatte.

Sibylle schüttelte sacht den Kopf. Der Blutverlust hatte sie halb ohnmächtig gemacht. Sie schloss ihre Augen.

Miras blutige Hand verstärkte den Griff um das Messer für einen letzten Streich. Jeden Zentimeter auskostend, schlitzte sie Sibylle die Kehle auf.

Ein letztes Mal riss diese ihre Augenlider auf, aber ihre Pupillen schafften es nicht einmal mehr, Mira zu fixieren. Sibylle röchelte und schnappte nach Luft, erzitterte und sackte zusammen. Ihre Fesseln hielten sie in einer halbwegs aufrechten

Position, aber sie regte sich nicht mehr. Das Kinn war ihr auf die Brust gesackt und Mira atmete zufrieden darüber durch, dass Sibylle niemals wieder ihren Kopf heben würde.

Sie starrte die Tote fassungslos an. Sie konnte es nicht glauben, dass es jetzt vorbei war. Dass sie das getan hatte. Aber mehr noch als ein kleiner Schock füllte sie Zufriedenheit. Sie hatte getan, was sie für richtig gehalten hatte.

Irgendwann ruckelte es an ihrer Schulter. »Das war ja ein Spektakel. Wie hat es dir gefallen?« Mira sah zu dem Mann auf. Sie hatte nicht mitbekommen, dass sie sich ein Stück vor Sibylle auf den Boden gesetzt hatte. »Das Geld, wann gibst du es mir?«

Mira fand keine Worte.

ZWANZIG.

Survivor Girl

Mira

Die Details der Geldübergabe waren schnell besprochen, nachdem Mira wieder richtig zu sich gekommen war. In zehn Tagen würden sich die beiden am Hauptbahnhof einer vereinbarten Großstadt treffen. Beide würden mit dem Zug anreisen. Zeitpunkt und Gleis standen fest. Er durfte sich von ihrem Personalausweis ein Foto machen, falls sie am Bahnhof nicht erscheinen würde. Der Manteltyp schwor, dass er sie besuchen würde, und sie beteuerte, dass das nicht nötig sein würde. Sie hatte bekommen, was vereinbart war, und sie wollte ihren Teil des Deals erfüllen.

Der Mann, dessen Namen sie noch immer nicht kannte, zog sich in den Wald zurück und Mira wankte in Richtung Hintertür der Tankstelle. Die Blutspritzer auf ihrer Kleidung wollte sie sicherheitshalber mit Lars' Blut überdecken oder vermischen, indem sie ihn in den Arm nahm oder sich neben ihn legte. Jetzt, wo alles vorbei war, fühlte es sich nach wie vor richtig an, was sie getan hatte, und sie bereute es kein winziges bisschen: Sie konnte es schlichtweg nicht begreifen, dass sie dazu in der Lage war, zu töten. Und dazu noch auf diese Weise. Sie fühlte sich irgendwie fremd in ihrem Körper und gleichzeitig kam sie sich mit dem Wissen um ihre Stärke größer vor. Sie war froh, dann über sich hinauswachsen zu können, wenn die Situation es verlangte.

Mira zog die Tür auf und blieb in der Schwelle stehen. Sofort roch sie den Tod. Es war weniger Verwesung, dafür war es zu früh, als vielmehr Blut und ein undefinierbarer Geruch nach Tragödie. Muffig und abgestanden war die Luft schon gewesen, bevor die schrecklichen Dinge geschehen waren, aber nun wurde sie um eine Komponente erweitert, die Mira nicht genauer benennen konnte, die aber definitiv da war. Ähnlich wie der Staub in der Luft legte sich diese Komponente auf ihre bloße Haut, aber sie glaubte nicht, dass sie es jemals würde abwaschen können.

Sie nahm ihr Handy aus der Tasche, schaltete die Taschenlampe ein und leuchtete sich ihren Weg. Nach ungefähr der Hälfte blieb sie stehen. Mira wusste nicht, ob sie es schaffen würde. Ob sie es schaffte, noch mal zu Lars zu gehen, der immer weniger der Mann war, den sie liebte, und stetig mehr zum Toten wurde, der ihr weniger vertraut und dafür zusehends fremder wurde. Unaufhaltsam. Sie fürchtete, dass sie es nicht über sich bringen würde, ihn zu berühren, dass sie ihn als Toten und nicht mehr als ihren Freund wahrnehmen könnte. Dass dies womöglich alle Erinnerungen überlagern würde, die sie gesammelt hatte. Sie war sich nicht sicher, ob sie es schaffen würde, sich jemals von ihm zu lösen, wenn sie ihn erst in den Arm genommen hätte. Mira konnte nicht ausschließen, dass sie sich weigern würde, weiter zu atmen, wenn sie seinen Duft gerochen hätte unter all dem metallischen Blutgeruch.

Sie hob die Taschenlampe und leuchtete zu Lars. Kaum sah sie ihn dort liegen, zog es sie wie automatisch zu ihm. Die befürchtete Fremdheit vor seinem toten Leib blieb aus. Nicht nur, dass er kalt wurde, viel schlimmer fand sie es, wie einsam er dort lag. Die Ungerechtigkeit und die Trauer brachten sie zum Schluchzen und sie vergrub sich an Lars' Seite, so gut es ging, ohne an den Zweck zu denken, den sie sich draußen noch ausgemalt hatte. Sie empfand keine Scheu und versuchte die letzten Momente auszukosten, die ihr mit ihm blieben.

Jemand berührte sie nach einer für sie unbestimmbaren Zeitspanne an der Schulter und sie stieß einen spitzen Schrei aus. Falls der Manteltyp zurückgekehrt war und doch nicht darauf verzichten wollte, sie umzubringen, würde sie nicht gegen ihn ankämpfen. Sie fand es leichter, bei Lars zu sein, als ohne ihn.

Eine Männerstimme sagte in einem Tonfall, der sie ganz eindeutig beruhigen sollte: »Also gut. Wir sind jetzt da. Sie sind sicher. Die Polizei passt auf Sie auf. Kommen Sie mit, wir geben Ihnen erst einmal eine Decke.«

Als Mira sich zu dem Polizisten umdrehte, konnte sie durch die Zeitungsschicht auf dem Fenster das Blaulicht draußen flackern sehen. Der Polizist gab ihr eine Hand und zog sie auf die Füße. »Sehr gut«, sagte er. »Ich helfe Ihnen. Wie heißen Sie denn?«

»Mira Hartmann.«

»Und das da ist Ihr Freund Lars?«

»Ja.«

Sie traten ins Freie und sofort wurde ihr eine Decke über die Schultern gelegt. Damit war sie nicht die Einzige, die zugedeckt worden war: Die toten Körper der anderen waren ebenfalls von Decken verhüllt. In Miras Kehle bildete sich ein Kloß. Sie würden im Gegensatz zu ihr keine tröstliche Wärme mehr spüren.

Wie lange hatte sie an Lars' Seite verbracht? Fast hätte sie erwartet, dass das Morgengrauen sie draußen begrüßte, wenn sie zur Tankstelle hinaustrat, aber der Nachthimmel war weiterhin schwarz wie Tinte – oder mitternachtsblau, wie Lars es gerne genannt hatte.

Vor der Tankstelle waren einige Polizisten beschäftigt. Die Polizei war mit drei Autos angerückt und den Funksprüchen entnahm Mira, dass mehr Personal geschickt worden war. Auch ein Krankenwagen stand am Straßenrand. Bevor Mira viel mehr hätte beobachten können, trat ein Sanitäter auf sie zu.

»Wie geht es Ihnen?«, fragte er und leuchtete ihr in die Augen, ehe sie antworten konnte.

Automatisch folgte sie den Bewegungen der Lampe. »Den Umständen entsprechend gut, denke ich. Zumindest bin ich nicht verletzt.«

Der Sanitäter fasste ihr ans Handgelenk, um ihre Pulsfrequenz festzustellen. »Ist Ihnen schlecht? Haben Sie Kopfschmerzen oder ist Ihnen schwindelig?«

Mira vermeinte alles, woraufhin der Sanitäter nickte und einer Polizistin, die neben Mira aufgetaucht war, etwas zuflüsterte.

Irgendwen hörte sie sagen, dass dieser Forst die Toten magisch anzöge, dann wurde sie in einen Polizeitransporter gesetzt, sodass sie von der Tankstelle nichts mehr erkennen konnte, sondern nur Wald vor ihrem Fenster war. Die Polizistin nahm ihr gegenüber Platz und schaltete das Funkgerät aus. »Mein herzliches Beileid zu deinem Verlust. Ich heiße Janine«, sagte sie. »Geht es einigermaßen, sodass ich dir schon mal ein paar Fragen stellen kann?«

Mira nickte. Es würde nichts ändern, ganz egal, ob sie redete oder schwieg. Zudem wollte sie nicht verdächtig wirken. Auch sie hatte Blut an den Händen, mehr, als jemals jemand erfahren sollte.

Janine streckte ihr einen gefalteten lila Zettel entgegen, den Mira sofort erkannte. Sie nahm ihn hastig entgegen und steckte ihn in eine Jackentasche. »Für die Ermittlungen nicht relevant. Aber ich schätze, dir liegt etwas daran. Muss ja nicht jeder lesen. Der Rest seines Portemonnaies wird untersucht.«

Mira nickte und legte die Hand über die Jackentasche, in der sie ihren ersten Liebesbrief verborgen hielt, den sie jemals an Lars geschrieben hatte. Tränen schwammen in ihren Augen, aber für den Moment schaffte sie es, sie zurückzuhalten. Erleichtert darüber, dass nicht unzählige Polizisten den dämlichen Inhalt der Nachricht einer frisch Verliebten lasen, huschte ein schiefes Lächeln über ihr Gesicht. »Danke sehr.«

Die Polizistin winkte ab und beugte sich mit ernster Miene ihr entgegen. »Sind alle anderen tot?«

»Soweit ich weiß, ja. Aber Elias und Jule, denen geht es doch gut, oder?«

Die Polizistin nickte. »Sie haben uns gerufen und wir haben sie nach Hause gebracht. Die beiden werden im Beisein ihrer Eltern befragt. Du brauchst dir also keine Sorgen mehr um sie zu machen. Elias muss nicht mal ins Krankenhaus, der Schnitt an seinem Rücken ist nicht schlimm.«

Mira atmete auf. Sie war von Herzen froh, dass der Manteltyp ihn nicht schwerwiegender verletzt hatte.

»Was ist hier passiert? Jule und Elias haben uns schon einiges erzählt, aber ich wüsste gerne, wie du diese Nacht erlebt hast.« Janine nahm einen Kugelschreiber und einen Block aus einer ihrer Taschen und schlug Letzteren auf.

Ohne zu zögern erzählte Mira ihr alles, bis sie dazu kam, wie sie Lars' Leiche gefunden hatte, während die Polizistin eifrig mitschrieb. »Und dann weiß ich nichts mehr. Es ist einfach weg, wie Text am Computer, den man mit der Delete-Taste entfernt. Ich weiß noch, dass ich Lars gesehen habe und es nicht glauben konnte. Dass ich ihn warm halten wollte. Aber dann weiß ich erst wieder, wie ich vor Schreck zusammengefahren bin, als dein Kollege mich angesprochen hat.«

»Du warst also die ganze Zeit über dort drinnen?«

»Ja«, sagte Mira. »Ich denke es zumindest. Ich glaube nicht, dass ich Lars zwischenzeitlich alleine gelassen habe. Wofür auch? Hat mir am Ende wohl sogar das Leben gerettet, in und nicht vor der Tankstelle gewesen zu sein, wie es aussieht.«

Die Polizistin schaute von ihrem Block auf. »Woher weißt du, dass alle tot sind, wenn du die ganze Zeit in der Tankstelle warst?«

»Hast du dich vor der Tankstelle mal umgesehen?« Mira schluckte. »Egon, Hans und Sibylle liegen dort regungslos unter Decken, ebenso wie die beiden Männer, die bei Egon im Bus mitgefahren sind. Ist doch so, dass sie alle tot sind, oder etwa nicht? Die Sanitäter sitzen tatenlos im Heck des Krankenwagens, weil ich keine Verletzungen davongetragen habe und sonst niemand mehr lebt.«

Janine knabberte an ihrem Kugelschreiber. »Und außer Lars hast du all die Menschen erst heute kennengelernt?«

Mira nickte.

»Ihr wart auf dem Heimweg. Lars kannte die Gegend hier auch nicht.«

Mira legte den Kopf schräg. Janine hatte keine Frage gestellt und sie wusste nicht, was sie hören wollte. »Ich habe dir alles gesagt, was ich weiß. Ich will jetzt wirklich heim. Könntest du mich an einem Bahnhof absetzen, falls noch Züge fahren?«

»Mein Kollege fährt dich sogar nach Hause, wenn du versprichst, morgen früh als Erstes deinen Hausarzt aufzusuchen. Der Sanitäter meinte, du hättest nur einen leichten Schock und müsstest nicht direkt in ein Krankenhaus. Eine heiße Dusche und ein warmes Bett bringen dir mehr, wenn du mich fragst. Nicht, dass dir mit dem Schock unterwegs noch etwas zustößt. Ist ja keine Stunde mehr weg, da lässt sich der Kollege bestimmt gerne fürs Herumfahren bezahlen. Ich muss noch ein paar Dinge hier erledigen.«

Erstaunt und dankbar nickte Mira. Lars' Auto wurde noch nach Spuren untersucht, wie alle Fahrzeuge, die in dieser Nacht hier gestrandet waren. Sie war froh, dass sie sich nicht mit Bus und Bahn bis nach Hause durchkämpfen musste. »Kann ich noch meine Handtasche aus dem Auto holen? Da ist der Wohnungsschlüssel drin. Und mein Handy und so.«

Janine brachte sie zu Lars' Auto und bat einen Polizisten, Mira ihre Handtasche aus dem Fußraum des Beifahrersitzes reichen. Auf der Landstraße fuhr ein Abschleppwagen vorbei. Mira schaute ihm nach, wie er in Richtung der Parkbucht fuhr, wo der Bus stand. Er würde repariert oder abgeschleppt werden und sobald er wieder im Einsatz war, würde nichts an die Ereignisse erinnern, die sich unweit von ihm zugetragen hatten. Nichts würde an Egon erinnern, auf dessen Sitz ein anderer Busfahrer Platz nähme.

Janina verabschiedete sich anschließend von ihr. »Du wirst in den nächsten Tagen noch von uns hören. Und du wirst wahrscheinlich auch noch mal aufs Revier kommen müssen, um eine

Aussage zu machen. Aber die Details folgen in den nächsten Tagen. Erhol dich erst mal und komm gut heim. Wir tun alles, um die Tathergänge aufzuklären.« Ein junger Polizist trat neben die beiden. »Das ist Noah. Er fährt dich nach Hause. Melde dich, falls dir noch etwas einfällt.«

Mira folgte Noah zum Polizeiauto. Sie fuhren los – ohne Sirene und Blaulicht, wie sie am Rande bemerkte – und während stattdessen das Radio leise spielte, lehnte sie sich mit dem Kopf an der Seitenscheibe an. Seit Stunden überkam sie zum ersten Mal ein gewisser Grad an Entspannung. Sie ließ ihren Gedanken freien Lauf. Ab und zu rannen ihr Tränen über die Wangen und Noah reichte ihr wortlos Taschentücher. Es zerriss Mira das Herz, dass sie sich immer weiter von Lars entfernte, gleichzeitig war sie froh, diesen grässlichen Forst verlassen zu können.

Ein Gedanke beschäftigte sie neben dem Verlust von Lars am meisten: Wie hatte sie Sibylle so kaltblütig hinrichten können? Dass dieser schrecklichen Frau genau das widerfuhr, hatte sie sich sehnlichst gewünscht und auch jetzt erfüllte sie es mit Genugtuung, dass es so gekommen war. Was sie nicht verstand, war, wie sie selbst hatte die Klinge führen können. Wie sie imstande dazu gewesen war. Es wäre doch für sie viel leichter gewesen, dem Mann im Mantel dabei zuzuschauen und sich versteckt zu halten. Aber womöglich hatte ihr das sogar das Leben gerettet: Sie war zu seiner Verbündeten geworden, statt ein Opfer von vielen zu sein. Ein Fleischsack, dachte sie.

Jetzt lagen ihre Hände kraftlos gefaltet in ihrem Schoß. Vielleicht war sie nicht nur außer sich gewesen, sondern gar nicht richtig sie selbst. Sie dachte an das vermeintlich verfluchte Grab der Hexe. Es wäre einfach und angenehm, die Schuld von sich zu weisen und auf den Einfluss höherer, düsterer Mächte zu schieben. Aber dann hätte sie auch Sibylles Verhalten und den Blutdurst des Manteltyps dem Hexengrab zuschreiben müssen. Vielleicht hatte er lange Zeit schon Mordgedanken gehegt und in dieser Nacht waren sie entfesselt worden. Aber bei Mira hatte er nicht den Eindruck eines Anfängers hinterlassen. Es war nicht unmöglich, dass er schon lange zuvor und an einem anderen Ort zum Mörder geworden war.

Mira schüttelte leicht den Kopf. Jeder war selbst für seine Taten verantwortlich. Sibylle hatte verdient, was ihr widerfahren war, und Mira musste fortan verantworten, was sie mit der Frau gemacht hatte. Zumindest vor sich selbst.

Bis der Polizist sie zu Hause absetzte, hatten sie keine fünf Sätze gewechselt, aber das Schweigen war ein rücksichtsvolles und angenehmes gewesen. Auch ohne Small Talk war ihr Kopf übervoll.

Mit zittrigen Fingern schloss sie die Tür zu ihrer gemeinsamen Wohnung auf. Ihr wurde klar, dass sie nun alleine hier lebte. Allein mit Lars' Sachen und all ihren Erinnerungen. In der Wohnung roch es nach ihm. Mira war vorher nie aufgefallen, wie präsent er war, ohne anwesend zu sein. All seine Sachen wirkten so einsam, wie auch sie sich fühlte. Mira versuchte nicht hinzusehen, aber sein Kram war überall. Eine neue Welle an Schuldgefühlen überrollte sie. Wäre sie nicht gewesen, hätte sie schon vor Stunden mit Lars gemeinsam die Wohnung betreten. Ihr wurde schwindelig. Mira stützte sich an einer Kommode ab, um tief durchzuatmen. Nach ein paar Minuten drehte sich nicht mehr alles vor ihren Augen, aber die Last ihres Gewissens drückte sie weiterhin nieder.

Sie stellte sich lange unter den warmen Wasserstrahl in der Dusche. Wusch sich mit seinem Duschgel. Als der Schmutz der Nacht und das Blut von Sibylle und Lars an ihren Händen als Rinnsal im Abfluss verschwanden, wurde ihr klar, dass sie überlebt hatte. Die Nacht voller Schrecken war vorbei und sie durfte oder musste weiterleben.

Irgendwann konnte sie sich nicht mehr auf den Beinen halten. Nur nachlässig abgetrocknet schlüpfte sie ins Bett, um die erste von vielen schlaflosen Nächten zu verbringen.

In den letzten zehn Tagen hatte Mira mehr geweint als ihr gesamtes Leben davor. Trauer, Wut, Fassungslosigkeit und Schock wechselten sich ab. Aber nun galt es, alles an Stärke zusammenzukratzen, was sie noch übrig hatte.

Über Kleinanzeigen hatte sie im Internet verkauft, was halbwegs etwas an finanziellem, nicht aber an emotionalem Wert hatte. Den ihr noch fehlenden Rest des Geldes, das sie gleich dem Mann wie vereinbart übergeben würde, liehen ihr ihre Eltern. Miras Konto war leer gefegt, aber es interessierte sie weniger als der Weberknecht, der in einer Ecke im Bad hauste.

Noch war der Manteltyp nirgends zu sehen. Viel zu früh war sie schon zum Bahnhof gefahren, sodass sie nun seit einer guten Stunde auf der harten Metallbank saß. Die Kälte war längst unter ihre Kleidung geschlüpft und hatte ihren Körper erstarren und ihre Gedanken leiser werden lassen. Irgendwie genoss es Mira, weniger zu fühlen und langsam zu erstarren. Die Kälte betäubte sie und sie verspürte nicht den Wunsch, daran so bald etwas zu ändern.

Polternd fuhren Güterzüge an ihr vorbei. Schnellzüge und Regionalzüge, die ankamen und den Bahnhof kurz darauf wieder verließen, sorgten für ein reges Treiben an den Gleisen. Abschiede, Wiedersehen, Geschäftsreisen und Anfänge sowie Enden von Abenteuern fanden um sie herum statt und sie konnte es sich kaum vorstellen, dass sie irgendwann wieder Teil davon sein sollte. Dass sie jemals wieder einen Zug besteigen sollte und sich auf das Ziel freuen könnte. Ohne dass sie sich nach Lars' Verlust leer fühlen würde, sondern voller Vorfreude im Inneren. Oder dass sie glauben könnte, sie würde ihr Herz an einem Ort zurücklassen, den sie gerade verließ, wie damals in Schottland.

Den Mann, der an die Bank herantrat und sich neben sie setzte, hätte sie ohne den blauen Mantel fast nicht erkannt. Mit seiner Jeans und der Wildlederjacke wirkte er wie jeder andere. Es schauderte Mira, dass sie ihm den kaltblütigen Mörder nicht ansah, der er eindeutig war. Wie vielen von ihnen war sie bereits begegnet? Und müsste sie etwas davon nicht auch in sich selbst erkennen, wenn sie beim Zähneputzen in den Spiegel sah?

»Wie geht es dir?«, fragte er und ließ dabei seine Stimme überraschend einfühlsam klingen. Mira grübelte kurz, ob das echt war.

Spitz lachte sie einmal auf. »Das interessiert dich? Abgesehen davon, ob ich dein Geld auftreiben konnte?«

»Ach, das konntest du sicher. Ich habe dir beim Töten zugesehen. Ich weiß mehr über dich, kenne dich besser als alle anderen Menschen auf der Welt. Die Polizei tappt nach wie vor im Dunkeln, nehme ich an?«

»Bisher haben sie mir kaum etwas gesagt. Zwei weitere Businsassen wurden noch gefunden. Wobei sie nicht groß gesucht werden mussten: Sie sind von alleine zum Bus zurückgekommen und haben wohl recht mürrisch darauf gewartet, dass die Fahrt endlich in irgendeiner Form weitergeht. Ansonsten Analysen hier und Untersuchungen dort. Übermorgen ist die Beerdigung.« Mira atmete tief durch. »Eine Frage beschäftigt mich abgesehen von allem anderen noch: Hast du Egon niedergeschlagen? Den Busfahrer meine ich, ganz früh am Abend, bevor es richtig losging.« Mira beschrieb ihn kurz.

Der Mann nickte langsam. »Ich bin eine ganze Weile durch den Wald und um die Tankstelle herumgeschlichen. Irgendwann, nachdem ich mit einem Mann im Wald meinen Spaß gehabt habe, traf ich auf diesen unfähigen Busfahrer. Ich habe ihm eins auf den Kopf verpasst, bevor er überhaupt gemerkt hat, dass er nicht mehr alleine ist. Mein Plan war, dass ich ausprobieren wollte, wie ich ihn mit dem Messer wieder gewecktbekomme, wenn du verstehst. Leider kam es nicht dazu. Es war einfach zu viel los im Wald. Was für eine verrückte Nacht.«

»Am Ende hast du ihn ja doch noch erwischt«, sagte Mira und machte sich nicht die Mühe, den Hauch an Bitterkeit aus ihrer Stimme zu halten. Sie hatte Egon gemocht.

»Bist du froh über das, was du getan hast, oder bereust du es schon?« Der Mann musterte sie. »Ich glaube nicht, dass du es jemals bereuen wirst. Bestimmt hinterfragst du dich die ganze

Zeit selbst, aber tief im Inneren bist du froh, dass du die alte Schachtel mit deinen eigenen Händen hast büßen lassen.«

Mira versuchte auszuloten, was sie eigentlich fühlte. Betäubt hatte sie einen Tag nach dem anderen hinter sich gebracht und versucht, alles auszublenden und irgendwie klarzukommen. »Scheiße, das trifft es verdammt gut. Hast du es denn schon einmal bereut?«

»Alleine dass du das fragst, zeigt, dass du nicht aufgepasst hast. Ich bekomme von euch Fleischsäcken nicht genug.«

»Wirst du wieder …?«

»Aber sicher.« Er stupste sie mit dem Ellenbogen in die Seite. »Lust mitzumachen?«

»Nein, meine Karriere als Killerin ist beendet, bevor sie richtig anfangen konnte. Nicht so mein Ding, wenn ich nicht einen erheblichen Grund dafür habe.«

»Wie du meinst.«

Mira reichte ihm einen dicken gelben Luftpolsterumschlag. »Die Glückwunschkarte hab ich mal weggelassen. Ist auch so ein nettes Sümmchen.«

»Danke. Es hätte zwar garantiert auch großen Spaß gemacht, dich umzulegen, aber das Geld ist in deinem Fall auch in Ordnung. Es war mir ein Vergnügen, dir zuzusehen.«

Mira nickte. »Mein Zug fährt gleich.« Mit steifen Gliedern erhob sie sich. »Lass dich nicht schnappen«, sagte sie und war überrascht, dass sie es irgendwie wirklich so meinte.

»Denk noch mal darüber nach, ob du deine Karriere wirklich schon an den Nagel hängen willst.« Der Mann erhob sich ebenfalls, allerdings viel geschmeidiger als Mira zuvor. »Eine Umarmung zum Abschied wäre wohl zu viel des Guten, oder?«

»Sentimentalität kann ich gerade nicht so gut gebrauchen«, flüsterte Mira. »Aber ich werde aufmerksam sein, ob etwas über dich in der Zeitung oder online geschrieben wird.«

»Das wird es, du musst es nur erkennen.«

Sie nickten einander zu und Mira drehte sich nicht mehr nach ihm um, als sie zu ihrem Gleis spazierte. Ohne das Geld in der Tasche, das sie für ein Leben und einen Mord hatte bezahlen müssen, lief sie schon viel leichter.

Einige Monate später, als bereits Krokusse am Wegesrand standen und sich Mira ein wenig an ihr neues Leben gewöhnt hatte, kehrte sie zum Langenbaarer Forst zurück. Es gab noch ein paar Kleinigkeiten, die sie erledigen musste, um sich richtig mit Lars' Tod abzufinden.

Elias und Jule warteten bereits vor der Tankstelle auf sie und Mira stellte ihr Auto neben dem von Elias ab, der inzwischen selbst fahren durfte. Als sie die beiden umarmte, spürte sie eine überraschend tiefe Verbindung zu den ihr eigentlich fremden Menschen. Eine solche Horrornacht schweißte zusammen und sie hätte sich sehr gewünscht, dass auch Egon oder Hans hätten dabei sein können.

»Wie geht es dir?«, fragte Elias.

Mira brauchte einen Moment, um Worte zu finden, die das Chaos in ihrem Inneren zusammenfassten. »Lars fehlt mir schrecklich. Und das die ganze Zeit. Morgens, wenn ich noch nicht richtig wach bin, vergesse ich manchmal, was passiert ist, und taste im Bett nach ihm. Die Erkenntnis, wenn meine Finger über das kalte Laken streifen, ist dann wirklich hart. Aber irgendwie habe ich mich ein bisschen an die Traurigkeit und die Einsamkeit gewöhnt. Flo fehlt euch bestimmt auch nach wie vor sehr.«

Die beiden nickten und Jule schaute dabei zu Boden. Mira ahnte etwas von tieferen Gefühlen, brachte es aber nicht zur Sprache.

Nach einem Moment sagte Mira: »Ich war an Sibylles Grab.«

»Dort war ich auch schon«, sagte Elias mit tiefem Groll in der Stimme. »Es war der erste Ort, zu dem ich mit meinem Führerschein gefahren bin. Ich hasse sie so sehr. Mehr als man eine Tote hassen sollte, denke ich. Ich wünschte, ich könnte dem

Manteltyp einen Besuch abstatten. Ihn hasse ich sogar noch mehr.«

»Wie war das für dich an ihrem Grab?«, fragte Jule und schaute Mira mit zur Seite geneigtem Kopf an.

Sie hatte nicht vor, über die Zufriedenheit zu sprechen, die sie noch immer ausfüllte bei dem Gedanken daran, dass sie es war, die Sibylle das Leben genommen hatte. Dass Sibylle jetzt, genauso wie Lars, unter der Erde lag und keinen Sonnenstrahl mehr sehen, keine Wärme mehr spüren würde. Niemand würde jemals erfahren, was sie in dieser Nacht getan hatte. Einer ihrer Mundwinkel zuckte beim Gedanken an das schlichte und schmucklose Grab der Mörderin. »Überraschend wenig. Ich hasse sie, und das wird mein Leben lang so bleiben. Aber ihr Grab zu sehen, die Daten ihres Lebens eingemeißelt in grauen Stein, das interessiert mich irgendwie nicht.«

»Ich war noch kein einziges Mal bei Flo«, gab Jule zu und errötete. »Ich schaffe es nicht. Mir ist es lieber, an ihn zu denken, als dorthin zu gehen, wo seine Urne steht. Dort ist er nicht, sondern in meinem ... Kopf.«

Elias legte ihr den Arm um die Schulter. Nach einigen Augenblicken fragte er: »Bist du sicher, dass du dort reingehen willst?«

»Ja. Ich muss noch mal alles anschauen. Ich will die Umgebung sehen, in der Lars gestorben ist. In der Nacht selbst hatte ich dafür keine Aufmerksamkeit. Und anschließend besuche ich das Heimatmuseum in Langenbaar. Ich will mich mit der Hexengeschichte ablenken, von der mir Hans erzählt hat. Irgendwie fühle ich mich Lars so nah. Das ist eins der Dinge, die er noch von mir wusste. Er wusste, dass ich darüber einen Blogartikel schreiben würde. Dann fühle ich mich irgendwie weniger alleine.«

»Klingt plausibel. Jule, vielleicht sollten wir doch mal wieder zum Geocaching aufbrechen?«

Jule zuckte mit den Schultern und fragte: »Wie geht es Lars' Eltern?«

Mira steckte ihre Hände in ihre Jackentaschen. »Ich habe kaum noch Kontakt mit ihnen. Ich glaube, sie kommen damit nicht wirklich klar. Was ich gut nachvollziehen kann.«

Schließlich liefen die drei um die Tankstelle herum und öffneten die noch immer nicht versperrte Tür, obwohl die Tankstelle zum Tatort mehrerer Morde geworden war. Die Helligkeit von draußen sickerte durch das Zeitungspapier an den Fenstern.

Mira brauchte keine drei Schritte in das Gebäude hineinzugehen, um ihren Irrtum zu bemerken. Sie musste nicht hier sein. Hier war nichts von Lars, nichts, was ihr auf irgendeine Weise helfen würde, mit seinem Tod klarzukommen. Es war eine verlassene Tankstelle und keine Erinnerungsstätte.

Sie lief rückwärts zwischen Jule und Elias durch. »Tut mir leid. Das ist falsch. Hier ist nicht, was ich gesucht habe.«

Die beiden Jugendlichen blieben noch einen Moment stehen und folgten ihr dann nach draußen. Elias zog die Tür fest zu und folgte Mira und Jule vor die Tankstelle.

Mira atmete ein paar Mal tief durch. Sie konzentrierte sich auf die Sonnenstrahlen in ihrem Gesicht und schaute dem Spatz zu, der von der einen Zapfsäule auf die andere flatterte und sie mit neugierigen Knopfaugen beobachtete.

Auch Jule betrachtete ihn gebannt. »Die Hexe soll sich in Tiere verwandeln können, weißt du?«, sprudelte es aus ihr hervor, während sie wie paralysiert den Vogel anstarrte. »Ich habe mich ein bisschen über diesen Wald und seine Legenden informiert. Ich glaube, die Dorethe Wagner war nicht einfach eine Hexe, sondern eine Gestaltenwandlerin. Vielleicht macht das auch keinen großen Unterschied. Und vielleicht macht sie ihr Ding ja bis heute.«

Elias schaute sie überrascht an. »Aber sie ist doch tot und wurde begraben.«

»Als würde sich eine Hexe vom Tod aufhalten lassen. Vielleicht hat sie sich in einen Fisch verwandelt und ist weggeschwommen. Dann hat sie sich absichtlich am Ufer finden und anschließend begraben lassen und hat sich dann als Wurm wieder an die Oberfläche gewühlt.«

Mira lachte aus vollem Herzen, bis ihr der Bauch wehtat. Als sie wieder genug Luft zum Reden hatte, versprach sie, Jule darüber in Kenntnis zu setzen, falls sie bei ihren eigenen Recherchen auf etwas stieß, das ihre Gestaltenwandlerin-Theorie bestätigte.

Jule wirkte hin- und hergerissen. Sie wollte eindeutig mehr erfahren, war aber ein bisschen verletzt, dass Elias sie nicht ernst genommen und Mira dermaßen gelacht hatte. Mira folgte ihrem Blick und entdeckte nun ebenfalls eine schwarzbraun getigerte Katze, die an den Zapfsäulen saß und sie beobachtete. Stolz erhob sich das Tier und schlenderte ins Gebüsch, wo es mit den Schatten verschmolz. Jule runzelte kurz die Stirn und sagte dann:»Elias, weißt du noch, das angefressene Reh mitten auf dem Pfad? Vielleicht war das tatsächlich ein Bär oder ein Löwe. Die Hexe kann ja jede Gestalt annehmen, die ihr einfällt. Dann muss das Tier nicht heimisch sein, das das Reh getötet hat.«

»Ob die Hexe überhaupt weiß, was ein Löwe ist? Ich meine, als sie gelebt hat, gab es ja noch keine Zoos.«

»In welchem Alter hören Jungs noch mal auf, so scheiße zu sein?«, fragte Jule Mira und verdrehte die Augen.

Lächelnd antwortete sie:»Das ist bei denen unterschiedlich. Mir gefällt deine Theorie aber. Außerdem kannten die Leute im Mittelalter Löwen. Zumindest von Erzählungen. In manchen Folianten sind ziemlich schräge Zeichnungen von Löwen und Elefanten abgebildet. Ich bin froh, dass du mir über meinen Blog gemailt hast, und werde mich definitiv bald bei dir melden. Aber jetzt fahre ich ins Museum. Oder wollt ihr mitkommen?«

Während Elias entschieden verneinte, schwankte Jule.»Fahr du lieber alleine. Ich will dich nicht ablenken. Ich glaube, du brauchst die Zeit für dich«, entschied sie schließlich.

Sie verabschiedeten sich herzlich und versprachen sich gegenseitig, den Kontakt zu halten.

Im Museum verging Mira die Zeit schnell und als es draußen dunkel wurde, stieg sie ins Auto, um zurück zu ihrer Wohnung zu fahren. Material hatte sie genug für ihren Blog gesammelt. Die angehenden Mediziner hatten vor ihrem Tod herrlich abstruse Theorien aufgestellt und spannende Vermerke aufgeschrieben. Sie wäre noch lange damit beschäftigt, dem im Internet genauer nachzugehen.

Um das Hexengrab aufzusuchen, was es allerdings zu spät geworden, aber Mira fand, dass das eine perfekte Gelegenheit wäre, um Jule und Elias bald erneut zu besuchen, die schließlich wussten, wo sich der Grabstein befand.

Mira startete den Motor und fuhr los. Nichts zog sie nach Hause, zurück in die leere Wohnung, wo nichts als Tiefkühlpizza und ihre Serien auf sie warteten. Ihr Leben hatte eine Wendung genommen, die sie nicht vorhergesehen hatte, aber sie hatte fortan jeden weiteren Tag die Chance, es wieder in die Bahnen zu lenken, wo sie es haben wollte.

Danksagung

Zuallererst möchte ich mich wieder bei allen bedanken, die im Rahmen meiner Leseraktionen mitgemacht und etwas zum Roman beigetragen haben! Euch allen für jeden Vorschlag und für jede Stimme bei meinen Umfragen vielen Dank. Ich freue mich sehr, dass diese Aktionen Anklang bei euch finden.

Wortspenden-Aktion:
Für eure kreativen, teilweise kniffeligen, aber auf jeden Fall klasse Wortspenden möchte ich mich bedanken bei:

Alex, Alexander, Ben, Conny, Das Einhorn, Dave, Desiree, Die Sternbergs, Florian, Friedel, Gabi Beck, Gerhard Brack, Jana Oltersdorff, Janna, Jasmin Engel, Jessica Bradley, Juliana, Karin S., Katrin Ils, bei zwei Kerstins, Kevin Ruser, Lichti, Lily Magdalena, Marie, Linda, Nenatie, Nicole, Petrissa, Ria, Roxane Bicker, Sina, Skahri, Thomas Williams und Zefi.

Auch bei allen, die Wörter gespendet haben, die es aber nicht in den Text geschafft haben, bedanke ich mich ganz herzlich. Die nächste Wortspenden-Aktion folgt bestimmt und vielleicht klappt es beim nächsten Mal.

Namenspatenschaften:
Flo:
Emma Escamilla, J. Schuba und Juliane Küllmer – ihr hattet alle drei denselben fantastischen und überzeugenden Namensvorschlag. Ist ja auch nicht verkehrt, mehrere Paten zu haben. ^^
Hans:
Auch für Hans haben sich durch Mehrfachnennung drei Paten ergeben: Vielen Dank an Andreas Pfeifer, Gilbert Mori und Knoppso fürs Mitmachen und den treffenden Vorschlag.

Für die Augen fressende Krähe geht ein besonders herzlicher Dank an die liebe Helen Fischer. Das Tier ist sicherlich froh, dass es sich dank dir den Bauch vollschlagen darf.

Außerdem ein riesiges Dankeschön an Aline, Andreas und Missette. Mit euren unglaublich coolen Roadkill-Fotos habt ihr für tolle Gruselatmosphäre gesorgt. Vielen Dank für euren Einsatz, der mich wirklich sprachlos gemacht und begeistert hat.

Und wie immer ein herzliches Dankeschön an alle lieben Menschen in meinem Umfeld, die mich unterstützen und für mich da sind. Ihr seid der Hammer. <3

Hexenwerk
– Die gestohlenen Kidner von Schwarzbach
(Horrorroman)

Endlich sind Sommerferien.

Aber die besten Freunde Simon und Linus bringen sich selbst um den Ferienspaß, indem sie die alten, unheimlichen Frauen verärgern, die für sie wenige Sommer zuvor noch die vermeintlich bösen Kinderfresserinnen waren. Einst ein kindischer Gruselspaß, wird die Bedrohung nun real: Die Alten sind tatsächlich Hexen. Aus Kinderfleisch ziehen sie Lebensenergie, um ewig zu leben und ihr böses Werk zu tun.

Um nicht wie die anderen gestohlenen Kinder aus Schwarzbach zu enden, setzen Simon, Linus und ihre Freunde alles daran, die Hexen zu vernichten.

Teufelsbuhlschaft, Eiterernte und Hexenkräuterkunde machen die alten Frauen zu mächtigen Gegnerinnen.

Warnung: Bedingt durch die Hexenthematik kommen in diesem Roman Kinder zu Schaden: Es findet Gewalt von Kindern und gegen Kinder statt.

Der Angstfresser
(Horrorroman)

Angst, Blut und Schmerz.
Chester Harris will mehr davon. Er ist Horrorautor und es stellt ihn nicht länger zufrieden, die Leser mit seinen Gruselgeschichten zu erschrecken. Daher lädt er zu einem Horrorabend ein, der seinen ahnungslosen Gästen alles abverlangt. Sie müssen ein Spiel um Leben und Tod überstehen, indem sie die eigenen Grenzen überschreiten. Angst, Blut und Schmerz stehen auf Chesters Speiseplan und er wird viel davon bekommen.
Warnung: Der Horrorroman enthält explizite Gewaltdarstellungen und abstoßende Details.

Scream Run Die
(Horrorkurzroman)

Roadkill und Rache.
Angetrunken überfährt Milton etwas. Aber was? Ein seltsames
Tier oder doch einen Dämon aus der Hölle? Mit dem Blut des
Opfers treiben Milton und seine Teenager-Freunde ihr Spiel.
Dafür sollen sie mit dem Tod bezahlen. Ein Killer mit einer
Pestarzt-Maske will sie alle umbringen. Wer kann diese Nacht
überleben?
Ein blutiger, verrückter Horrorsplatter-Kurzroman, der einige
Filmklischees aufgreift, auf den Kopf stellt und dabei nicht all-
zu ernst genommen werden möchte.

Inklusive »Survival«-Tipps des Killers.

Zwietracht
– Mörderische Freundschaft
(Horrorroman)

Eine Schriftstellerin ohne Ideen.
Eine verschlossene Tür ohne Schlüssel.
Eine beste Freundin ohne Gnade.
Lina verbringt ein paar Urlaubstage in einer Hütte im Wald,
um ihre Schreibblockade zu überwinden. Dort gibt es allerdings
eine Tür, die sich weigert, das preiszugeben, was sie verbirgt.
Linas beste Freundin Millie begleitet sie in den Schreiburlaub,
doch gerade sie ist es, die Lina mit ihrem seltsamen und be-
drohlichen Verhalten vollends aus der Bahn wirft. Was hat Lina
allein mit ihrer besten Freundin im Wald zu befürchten?

Liebe Leserin, lieber Leser,
vielen Dank, dass du dir die Zeit genommen und
den Mut bewiesen hast, in meinen Horrorroman
einzutauchen.

Falls du über Neuigkeiten bezüglich meiner Bücher
und mir informiert werden möchtest,
kannst du dich gerne auf meiner Homepage
unter www.tanja-hanika.de
zu meinem Newsletter eintragen.

Besonders würde ich mich natürlich freuen,
falls du Lust hättest, eine Bewertung
zum Roman zu hinterlassen,
oder falls du mein Buch weiterempfiehlst
oder online und offline darüber sprichst.
#Roadkill

Über die Autorin:
Tanja Hanika wurde 1988 in Speyer geboren. Ab 2008 studierte sie erfolgreich an der Universität Trier Germanistik und Philosophie. Nun lebt sie mit Mann, Sohn und Katze in der Eifel.

Mit acht Jahren entdeckte Tanja Hanika durch eine Kinderversion von Bram Stokers »Dracula« nicht nur ihre Liebe zu Büchern, sondern wollte fortan auch selbst solche Geschichten schreiben.